豊子愷児童文学全集　第6巻

少年美術物語

Feng Zi-kai

豊子愷

日中翻訳学院
舩山 明音［訳］

日本僑報社

推薦の言葉

中国児童文学界を代表する豊子愷先生の児童文学全集がこの度、日本で出版されることは誠に喜ばしいことだと思います。溢れでる博愛は子供たちの感性を豊かに育て、やがては平和につながっていくことでしょう。

二〇一五年盛夏

海老名香葉子
エッセイスト、絵本作家

まえがき

王泉根①

「大人が子供向けに書く文学」という特性を持つ児童文学は、その創作方法と伝え方によって二世代間での精神的な対話と文化普及の期待値が決まる。したがって児童文学の発生や発展の根本は、大人が子供に接する態度と児童観をいかに理解するかということにある。国内外の児童文学の発展で明らかなように、児童文学がある時期、もしくはある地域において驚くほどの発展をみせるのは、その時期、もしくはその地域において子供を心から愛し、子供のために喜んで物事をなし、そして子供のために何かをしてあげられる人たちがいたことと深く関係している。

二十世紀前半の中国社会において、豊子愷はまさにそのような人であった。豊子愷（一八九八―一九七五）は、画家、芸術教育家、翻訳家、散文作家という様々な肩書を持つと同時に、大変な子供好きで、多くの児童漫画を描いた漫画家であり、児童を題材にした児童文学を数多く残した作家でもあった。大の子供好きであった豊子愷の子供に対する愛は崇拝といえるほどで、「天上の神と星、この世の芸術と子供、この四つのことで私の心は占められている」と語った。また、子供のことを「天と地の間でもっとも健全な心を持ち、徹底して偽りなく純潔」な人と考え、自分の子供が子供のままでいて、ずっと童

① 王泉根　著名な児童文学研究者。一九四九年生まれ。北京師範大学教授。中国児童文学研究中心主任、アジア児童文学学会副会長。中国児童文学博士課程初の指導教官。国家社会科学基金評議審査専門家。著書に『現代中国児童文学主潮』『王泉根論児童文学』等、編著に『百年百部中国児童文学経典書系』『中国児童文学60周年典蔵』がある。

心の世界の楽しさと真実の中にいてほしいとまで願っていた。このため大変な失意の中で『送阿宝出黄金時代（黄金時代から阿宝を送り出す）』という散文を書いた。彼は自身の子供たちの成長を喜びながらも、子供たちが童心に別れを告げることに心を痛めていたのだった。

これこそが豊子愷なのだ。無垢な童心で描くのは、おのずと「青春はその眼差しと熱い童心にある」という言葉のように、元気いっぱいの子供の世界である。豊子愷の描く児童漫画は、まさしく現代中国の児童漫画の逸品である。描かれる子供の様子やその性格、情緒、無邪気さ、愉快さは、見る人を絵の中の子供になって、子供時代に戻りたくなるような気持ちにさせる。彼の児童文学――童話、物語、散文などは、そのすべてが子供の世界を描いた素晴らしい作品である。

文学創作の貴さは「誠」にある。とりわけ児童文学は、誠意と真心があってこそ、描かれる人物のイメージが感動を与え、心に残り、影響を与える。童心のかけらもなく、子供への愛情もなく、子供のためにすべてを捧げる精神も持たず、陳伯吹氏の述べる「子供の視点から出発し、子供の耳で聞き、子供の目で見、特に子供の心で体験することに長けている」というような子供の立場と視点がなければ、本当に子供が好む作品は書けない。たとえ一時は良いと言われたとしても、後世に伝えられることは難しい。豊子愷の児童文学作品が、彼の児童漫画と同様、半世紀を経た今でも依然として子供から大人まで幅広く読まれているのは、子供に対する誠意と真心と愛情があるからなのだ。

作家の創作動機と実際に受け取る側の子供の角度から考察すると、豊子愷の児童文学作品は「子供本位」と「子供本位でない」作品に大きく二分される。「子供本位」の作品は、主に童話、音楽物語、美術物語などで、明らかに子供のために書かれたものであり、作品の内容もすべて子供の目線である。「子供本位でない」作品は、主に自身の「ツバメのヒナのように可愛い子供たち」を対象として書かれた散文であり、これらの作品は優しくて温厚な父親のこの上ない慈愛が随所にあふれているほか、子供の世界を通して現実社会の悟りや感嘆、感慨、その背後にある複雑な人生哲学を表現している。しかし、「子供本位」であるかないかにかかわらず、いずれの作品も子供から受け入れられ、好かれる理由は、上述のように、豊子愷の子供たちに対する真の思いであり、その真の思いが児童文学の真価を作り上げたのである。

豊子愷の児童文学作品は内容に富み、ジャンルも多岐にわたっている。これまでに、違うスタイルで単行本を出版したことはあるが、全作品がそろった『豊子愷児童文学全集』の出版は初めてである。この度、中国外文局海豚出版社にご尽力いただき、豊子愷の童話、児童散文、児童物語を七冊にまとめて出版していただいた。これは新世紀の児童文学と子供向けの出版にとって本当に喜ばしいことである。

この『豊子愷児童文学全集』が中国の子供たちから好かれ、子供たちの心と体の成長に連れ添うと同時に、海豚出版社の海外ルートを通じて、世界の子供たちにも歓迎されることを信じている。童心に国境はなく、愛は無限であり、優秀な児童文学作品は時も国をも越えるだろう。

二〇一一年四月十二日　北京師範大学文学院にて

もくじ

※本文中、〔 〕内の注は原書の編者注を表す。その他の注には、必要に応じて訳者が加えたものが含まれる。

お正月

十二月三十一日の朝はやく、私は弟の声に起こされた。弟はとっくに布団から出て、隣の部屋で飛びはねながら叫んでいたのだ。「カレンダーがあと一枚になったよ！　お正月だよ！　みんな早く起きて年越しの準備しようよ！」そのあとから、母さんが叱る声がした。「如金《ルージン》、静かになさい！　父さんが起きてしまうでしょう。もう高等小学校の五年生になって半年なのに、どうしてこんなに子供らしいのかしら。朝早く大声ではしゃぎまわるなんて」。弟は静かになって、新しいカレンダーが見たいと母さんに小声でねだるのが聞こえた。私もあわてて上着をはおりながら起きだした。今年起きるのもこれで最後、明日はもうお正月休みなんだ。こう思うと寒いのも気にならず、超特急で服を着替えた。でも、母さんが弟に言ったことを思い出した。私はもう六年生になって半年、あと半年で卒業だ。ちゃんとできるだろうか……ちょっとだけ気がかりだった。

私はボタンをはめながら、母さんの部屋に入っていった。カレンダーには薄っぺらい紙が一枚残っているだけで、なんだかかわいそうだ。弟が新しいカレンダーを持って、窓のところでいじっているところだった。近寄ってみると、それは分厚い日めくりのカレンダーで、赤い紙でしっかり封をされ、台紙の上に乗っていた。台紙には大きな字で煙草会社の名前が書かれている。その下は図案で、図案の真ん中には長方形の枠があり、中には映画スターの写真がある。胡蝶《フーディエ》なのか徐来《シューライ》なのか、よく分からない。[1]その人は首をかしげて腰をひねり、ポーズを取って、きゅっと口を横に引き、謎めいたほほえみを浮かべて、流し目でこっちを見ているのだった。まるで、学校のお転婆な金翠娥《ジンツイウー》が、先生の後ろに隠れておどけた顔をしているみたいだ。私はさっとまわれ右して、下の階に顔を洗いに行った。朝のお粥を食べて学校に行くとき、弟は母さんにしつこく頼んでいるところだった。カレンダーの最後の一枚は、ぼくが帰ってから破らせてね。新しいカレンダーはぼくが帰ってから開かせてね。母さんは、いいですよ、と笑って答えた。

私たちは今年最後の日の授業を終えて、わくわくしながら家に帰ってきた。弟は鞄を放り出して階段を駆け上がり、カレンダーを破ろうとした。ところが、父さんに邪魔されてしまった。父さんは窓際のテーブルで画集を見ているところだった。テーブルには水仙の鉢と、花瓶に挿した南天と、二本の赤い蠟燭、銅の香炉、それからチャイム時計。こんな様子は、前にも見たことがあるような気がするけれど、ぼんやりしていて思い出せない。よく考えてみると、なんと去年の今日だった。その後に続いて、いろんな思い出が浮かび上がってきた。

父さんは弟に言った。「今日は今年最後の日だろう、いい加減に過ごすんじゃないよ。みんなで年越しをして、夜中まで起きているんだからね。カレンダーも夜中まで破っちゃ駄目だ。夜にはゲームをして、お話をして、お餅も焼いて食べなくちゃ」。弟はそれを聞くと、また跳び上がってはしゃぎはじめた。父さんは弟の腕を押さえて言った。「慌てなくても、今年はまだ八時間あるんだから、きみたちは今のうちに年賀状を書きなさい。いちばん仲良しのお友達にね」

「はい、はい、はい!」私たちは返事をして、競争しながら下の階に走って行くと、鞄の中から絵の道具を取り出した。そのとき思い出した。去年、図画の授業で華《ホワ》先生はみんなに年賀状を描かせた。私がブタを描くと、みんなが「変だよ、変だよ」と言ったけれど、華先生だけは「いいですね」と褒めてくれた。先生は言った。「みなさん、どうしてブタを馬鹿にするのですか? ブタのお肉は好きでしょう?」後でそのことを父さんに話すと、父さんはこう言ったっけ。「中国の画家は、昔からブタを描かないからね。みんな慣れてないんだよ。本当は描いてもいいけれど、ウサギやヤギみたいに可愛くないだけだよ」。今年は何の動物を描くのかな? あとで父さんに聞いてみよう。

　私たちは絵の道具を上の階に持ってくると、東の窓際のテーブルに置き、年賀状を描きはじめた。何を描けばいいのかな? 父さんに来年は何の年なのか聞いてみると、丙子《ひのえね》だから、子《ねずみ》の年にはネズミを描けばいいよと教えてくれた。なのに、私が見つけた題材は弟に横取りされてしまったのだ。「ぼくがネズミを描くよ! ネズミが車を引いているところ! 昨日、『小人の国』[②]で見たんだから」。弟とケンカになったけれど、弟は「ごね、ごね、ごね、ごね」と言って、自分の鉛筆で下描きをはじめてしまった。「ごね」というのは「ごめんね」の意味で、このところの弟の口癖だった。悪いことが分かっているけれど、諦め

注① いずれも一九三〇年代に活躍していた映画女優。
注② 当時の小学校の教科書『開明幼童国語読本』の中の一篇。

きれないとき、いつもこう言うのだ。私は弟がもう車を引くネズミを描くのに夢中になっているのを見て、譲ってあげることにした。でも、自分は何を描けばいいのかな。長いこと考えて、前に華先生が花の模様の描き方を教えてくれたのを思い出した。とても楽しかったっけ。じゃあ、花の模様を描いてみることにしよう。

私が色を塗り終わらないうちに、弟の絵はできあがって、父さんに見てもらいに行った。私も急いで完成させて持って行った。すると、父さんはハサミで弟の画用紙を切っているところだった。「車を引いているネズミを描いたね。でも位置が高すぎるなあ。下を少し切って、上に余白を多めに残して字を書くことにしよう」。葉書くらいの大きさに切ると、父さんはまた言った。「上が空きすぎたね、長いムチを描こうか」。弟がすかさず言った。「本当はムチがあったんだよ、忘れちゃった！」父さんは指の爪を使って、年賀状の上にくねくねと曲がった線の跡をつけると、弟にそのとおりに描かせた。こんどは、父さんは私の絵を見て言った。「よくできたね。でも、もう少し濃い赤で花びらをふち取って、もう少し濃い緑で葉っぱをふち取るといいね。そうすると、濃い赤と薄い赤、濃い緑と薄い緑が引き立て合って、もっと綺麗に見えるよ。これは『同系色の調和』って言うんだよ」。私は言われたとおりに描き直した。弟はもうムチを描き終わって、私の絵を見ると大騒ぎした。「姉さんが絵の具を使った！　ダメだよダメだよ！　ぼくも色を塗ってみたい！」そう言って、取り替えてほしいと父さんにわめいた。父さんは言った。「如金！絵はみんな色を塗るものじゃないんだよ。姉さんのは『装飾画』だから色を塗るんだ。きみのは『挿絵』

だから、色を塗らなくてもいいんだ」。それでも弟はずっと不満げで、唇を突き出して私の絵を眺めながら、何度も「ぼくも色を塗ってみたい！　ぼくも色を塗ってみたい！」と言うのだった。

このとき母さんがやって来た。弟がぐずっているのを聞いて、絵を見に来たのだ。弟が色を塗りたがっているのを知ると、こう言った。「色を塗ってもいいんですよ。私が教えてあげましょう。小人の服は赤、車輪は黄色、ネズミと車はもともと黒でしょう」。弟は母さんの言うとおりに色を塗り、やっぱり気に入ったようで、笑顔になった。父さんもくわえ煙草で見に来て、楽しそうに言った。「うまいうまい、母さんにまかせたよ。そうじゃないと、またご機嫌ななめになるからね。でも、赤がちょっと目立ちすぎて『呼応』がないね。車を引く縄も赤にしようか」。弟はまた口をはさんだ。「もともと赤い縄があったんだよ！ぼく、『小人の国』で見たんだから」。そこで、みんなで描き変える方法を相談した。母さんは私に言った。「逢春《フォンチュン》、手伝ってあげなさい。まず消しゴムで黒い縄をだいたい消してから、白で赤い絵の具を溶かして上に塗って」。私は母さんの言うとおりに描き直した。弟は私が綺麗に直したのを見ると、またこう言った。「ごね、ごね、ごね」。母さんは言った。「『ごね』なんて言わないで」。そういえば、二人はこの年賀状を誰にあげるの？」私と弟は声をそろえて言った。「秋《チウ》さんの家の葉心《イエシン》兄さんにあげる」。父さんは「いいね」と言って、こんどは字の書き方を教えてくれた。母さんは「書けたらみんな、晩ご飯に下りていらっしゃい。晩ご飯の後は年越しをするんですよ。先週、葉心くんは、お正月休みになったら年越しに来ると言っていたから、夕方には、来るかもしれませんよ」。そう言って、先に下りていった。

弟はご飯を食べるのがいちばん遅かった。手には手紙を握りしめていて、封筒には一分の切手が貼られ、「本鎮　梅花通り八号　秋葉心様　梅花通り二号　柳《リウ》家より」と書かれている。弟はあたふたと「郵便局にこの年賀状を出しに行ってきてから食べるよ」と私に言って、飛び出して行った。父さんは「ハハ！秋さんの家のほうが郵便局より近いだろう！」と笑い、母さんも「手紙が郵便局に着かないうちに、本人がここにやって来ますよ！」と言った。

晩ご飯が終わって、みんなが赤い蠟燭を灯して年越しの準備をしているとき、郵便屋さんが扉をノックした。それは市内からの手紙で、開けてみると、なんと葉心兄さんが県立中学から送ってくれた年賀状だった。手紙も一通入っていて、今日の夜には実家に帰るので、先に年賀状を送るとのこと。夜には我が家に年越しにも来てくれるという。私と弟は大喜びして、さっそく年賀状を父さんに見せた。父さんは感心して褒めちぎった。

「芸術家の息子だけあるね！　それに、さすがに中学生だ。葉心くんの絵には、きみたち二人の絵のよいところが両方あるよ。逢春は二本の花の枝を描いて、見た目は美しいけれど、内容には新年の意味がないね。如金はネズミを描いて、新年の意味はあるけれど、見た目は『小人の国』のお話の挿絵みたいで、年賀状の絵にはあまりふさわしくないね。長いムチを描いたおかげで、『恭賀新喜』などの文字に飾りがついて、いくらか図案らしくなっているが。葉心くんの絵を見てみると、そのどちらもそろっているようだね。形の上では、松の木が左側に、地面と海、朝日が下に、雲と松の葉が上にあって、三つの面が自然に縁飾りになっている。内容から見ると、こういったものにはみんな新年を祝う意味があるね。初日の出も、松の青葉も、空高くにある雲も、広い海も、元気よく巣立つ小鳥も、一つとして新年のよろこびと、青年の希望を表していないものはないよ。書かれている文字にも、深い意味があるね」。私たちは張り合うように、「美意延年」がどんな意味なのか聞いた。父さんは続けた。「これは『荀子《じゅんし》』の言葉だね。『美意』は美しい心、つまり美を愛する心だ。『延年』は長生きすること。人は美しいものを愛して楽しく過ごせば、元気で長生きできるということだよ。これは、きみたちの『恭賀新喜』より、ずっとすばらしいね」。私はそれを聞いて、恥ずかしくてほおが熱くなり、あらためて葉心兄さんの才能をすごいと思った。

父さんはもう一度その年賀状をまじまじと見て、感心して頭を振りながら母さんに言った。「葉心くんの絵はたしかに上達したよ。このバランスの取れた配置を見てごらん。太陽はいちばん高い位置にかかり、この一行の文字はわざわざ縮めて書かれていて、お互いに引き立て合っている。中学に入ってまだ半年なのに、こんなに進歩するとは、この子は……」。母さんは新しいカレンダーを持って、掛けようとしているところだった。父さんはなんとなく年賀状をカレンダーの映画スターの写真に重ねてみて、こう言った。「おや、大きさがぴったりだ！　取り替えたら、よっぽど見栄えがいいし、ずっと面白いじゃないか」。私はもともと、このおどけた顔をした金翠娥が嫌いだった。もしこのまま掛けたら、一年ずっとこの顔を見ていなくてはいけないから、なんだかゆううつだ。すかさず父さんに賛成して、葉心兄さんの年賀状を糊で貼ったらと提案した。父さんと母さんは「いいね」と言い、弟も「いいよ」と言ったので、私はすぐに実行した。けれど、糊を金翠娥の顔と体に塗るときになって、何だか申し訳ないような気持ちになってしまった。側で見ていた弟は、目ざとく私の様子に気が付いて、「ごね、ごね、ごね、ごね！」と笑いながら言った。

まもなく、葉心兄さんがやって来た。兄さんはやっぱり、私たちの年賀状をまだ受け取っていなかった。私と弟は年賀状のお礼を言い、父さんが褒めていたことを話して、兄さんの絵の上達をうらやましがった。兄さんは顔を赤くして、恥ずかしそうに唇を噛んで横を向くと、ちょうどそこにカレンダーに貼られた年賀状があったので、びっくりして笑いだし、また別のほうを向いた。それから私たちに言った。「二人の年賀状が届いたら、額に入れて飾るよ！」

この夜、私たちはいろんなゲームをして、お話もたくさんして、お餅や蜜柑も食べた。時計が十二時を打つと、弟は待ちかねたように古いカレンダーの最後の一枚を破り、新しいカレンダーを開いた。もう年が明けた！　父さんはお手伝いさんに頼んで、葉心兄さんを送って行かせた。みんなは玄関のところで見送ってから、それぞれ眠ることにした。私は「美意延年」の絵の中にいる夢を見て、あの松の木のある海辺で名残を惜しんだ。目が覚めると、もう元旦の初日の出がベッドを明るく照らしていた。

『新少年』一九三六年一月十日創刊号掲載

初雪

朝、目が覚めると、ベッドのカーテンが青白く明るんでいた。カーテンをめくってみると、窓の外の屋根はみんな真っ白だ。私は急いで服を着て起きだした。部屋の中は静まりかえって、何もかも銀色に染まり、映画の中で見た光景みたいだ。

顔を洗って家の外に出ると、弟が階段のわきに立って、万年青《おもと》の葉っぱの上の雪を口に含んでいるところだった。笑いながら私を呼んで「かき氷食べようよ！」と言う。私も少し「かき氷」を食べていると、朝のお粥を食べなさいという母さんの声がした。朝ご飯のとき、弟は母さんに、おばあちゃんの家の洋館に雪を見に行きたいとおねだりした。県立中学は昨日から冬休みに入っていて、葉心兄さんもきっと家に帰っているだろうと私は思った。お正月に別れてから、ずっと会っていない。今日遊びに行って、一緒に雪を見たら、もっと面白いだろう。そこで私も一緒に行きたいと言うと、いいけれど、道で滑って転ばないように気をつけてね、と母さんは言った。それから、おばあちゃんに渡すようにと甘いお餅を一袋くれた。

道路の雪はもうたくさんの人に踏まれて崩れ、ぐちゃぐちゃになっている。おばあちゃんの家の側の路地だけが、綺麗に見渡すことができた。真っ白くて長いひとすじの道に、自転車のタイヤの跡がくねくねと延びている。その先っぽはどこまで続いているのだろう。なんだか神秘的だ。

家に着くと、おばあちゃんは居間の大きな太師椅《たいしい》①に座っていた。小さな纏足《てんそく》②の足を銅のストーブの上に乗せて、お手伝いさんに外出用の籠と覆い布を片付けさせている。私たちを見ると、にっこり笑った。「こんな大雪の日に、よく来てくれたねえ！」私と弟の手を握って、服が濡れていないかどうか確かめた。それから、籠と覆い布を指さして言った。「葉心は昨日の夜帰ってきたばかりで、荷物もまだ散らかったままだよ。洋間の二階に上がって遊んでおいで。いま父さんといっしょに部屋の家具を並べているところさ。おまえたちのおじさんが買ってきた、あの新しい椅子は、後ろがスカスカで、座るとひっくり返りそうなんだよ。ただでくれると言われてもいらないよ！　行って見てごらん」。私たちはお餅をおばあちゃんに渡すと、居間を横切って廊下を通り、洋間の階段を上がっていった。

部屋に入ると、おじさんと葉心兄さんの二人がシャツだけになって、腕まくりをして顔を真っ赤にし、窓際に寄って、部屋の中の家具をためつすがめつ眺めているところだった。私たちが来たのを見ると、葉心兄さんが言った。「ちょうどいいところに来たね！　いまちゃんと配置し終わって、誰かお客さんに座ってほしいと思っていたところなんだよ。よかった！」早速、私たちの手を引いて座らせようとした。おじさんに会うのは久しぶりだったので、ご挨拶したかったけれど、葉心兄さんに部屋の真ん中のおかしな形をしたガラステーブルの側に連れて行かれ、これまたおかしな形の椅子に無理やり座らされてしまった。弟も同じように向かい側の椅子に座らされ、おじさんと葉心兄さんも向かい合って座った。四人がそれぞれおかしな形の椅子に座り、おかしな形のテーブルを囲んでいる。なんだか特別な会議をしているみたいだ。見慣れた我が家を出て、踏み荒らされた雪道を通り、おばあちゃんの家の古風な広間を横切って、突然ここに来ると、とても新鮮に感じる。この部屋の壁はすべて水色に塗られ、壁には銀縁の油絵が掛かっている。絵の下には幾何学形のいろいろなテーブル、ティーテーブル、ソファーと本棚がある。家具には装飾が少しもなくて、一本の飾りの直線さえなく、大きな積み木で組み立てられているみたいだ。その中でもいちばん奇妙なのは、私たちが座っている椅子だ。この椅子は一本の鉄パイプを曲げて作られていて、後ろには脚がない。おばあちゃんが言っていたように、座るとひっくり返りそうだ。でも座ってみると、意外にしっくりする。このおかしな部屋に、いくつかの窓から銀色の雪明かりが射し込んで、ますますシンプルな効果が引き立てられ、まるで夢の国にいるみたいだ。

おじさんは、父さんと母さんによろしくと言い、美術学校の教授作品展のために、昨日やっと家に帰ってきたのだと付け加えた。家具を配置しなくてはいけなかったので、父さんにもまだ挨拶に行っていないそうだ。それから、この新しい家具を一つひとつ説明してくれた。「これは最新のスタイルでね、これまでのいろんな煩わしい装飾を取り払って、シンプルで幾何学的な形を使ったのが特徴なんだよ。旧式の家具はみんな線がくねくねして、細かく彫刻されている。美しいけれど複雑すぎて、見た目がすっきりしているとは言えないだろう。現代人があらゆる美術に求めているのは、単純明快さなんだ。不必要な飾りは

注①　木製で手の込んだ装飾のある、ゆったりとした肘掛け椅子。
注②　かつての中国では女性の足を子供の時から布で巻き、大きくならないようにした。

取り去るべきだね。こうやって、家具はどんどんシンプルになってきて、今では、こんな最新のスタイルを作り出した人もいる。格好いいと思うかい？」私と弟は賛成した。弟は壁のチャイム時計を指して、びっくりしたように叫んだ。「あれ、この時計には数字がない！」私も見上げてみると、確かに丸い黒枠の時計には、まわりに十二本の太い黒線が描かれ、長針と短針が真ん中にある以外は何もない。十二本の太線のうち、垂直な二本（十二時と六時）と水平な二本（三時と九時）は中が白抜きになっているので見分けやすい。私はそれを見てとっさに「九時一分前」と言った。おじさんは得意そうに笑った。「この部屋の物は何もかも奇妙だね。でも、きみは何時何分かすぐ分かったんだから、奇妙でも理屈は通っているようだね」。そう言って笑いながら立ち上がると、コートを持って出かける準備をし、葉心兄さんに私たちと一緒に遊ぶように言った。

おじさんが出かけると、三人は窓際に来て雪を見た。この建物は町外れにあって、窓の外は一面の野原で、真っ白な雪に厚く覆われている。いくつかの小屋とまばらな木立が白い綿帽子をかぶって、ぽつりぽつりと立っているだけだった。前に私たちがここで見た、にぎやかな春の芽吹きも、濃く繁った夏の緑も、それから清々しい秋の景色も、ここにはない。目の前には、見渡すかぎりのすっきりした白と、単純な黒い点があるだけ。私は美術様式についてのおじさんの話を思い出して、この今の室外と室内の眺めがとても調和していると感じた。まるで、私たちはわざわざ今日という日を選んで、新しい家具を見に来たみたいだ。葉心兄さんに優しく呼ばれて、私はもの思いから我にかえった。兄さんは私と弟に一冊のアルバムを見せてくれるという。それはみんな葉心兄さんが自分で撮った写真で、配置も構図もすばらしかった。現像も丁寧で、黒い紙に窓からの雪明かりが映えて、とても美しい。ページをめくっていくと、突然二枚のカラーの図版が現れた。よく見ると、なんと私と弟が描いて送った年賀状だった。二人はそれを出して見せてほしいとお願いした。葉心兄さんは言った。「きみたち、僕の年賀状をカレンダーに貼って、一年中みんなに見せるつもりじゃないだろうね?」このとき、おばあちゃんのお手伝いさんに呼ばれた。私たちは下に降り、居間でみんなでお餅を食べた。この日、私たちはおばあちゃんの家でいろんな話をし、お昼もご馳走になり、午後になってやっと帰った。

家に帰ると、おじさんの家で見たものを父さんに話してあげた。父さんは言う。「いろんな道具には、複雑なものから単純なものまで、さまざまな様式があるんだよ。だいたい昔の人は手の込んだものを好んだが、今はシンプルなものが人気があるね」。それから適当に鉛筆でノートに絵を描きながら説明してくれた。「例えば時計なら、以前は込み入ったローマ字を使っていたけれど、その後わかりやすいアラビア数字に変わり、今ではアラビア数字も使わず、一本の線になってしまった。茶碗や花瓶、痰壷なども、以前はだいたいS字型の曲線だったけれど、しだいに曲線が簡略化されて、()の型やX字型になった。ある時から思い切って曲線もやめてしまって、平行でない直線を使うようになり、ついに平行な直線だけになった。椅子の場合も、以前の太師椅は、くねくねした飾りがあって、わずらわしいだろう」。弟は父さんが描いた絵を指して口をはさんだ。「おばあちゃんが座っているのはこれだよ!」父さんはもう一つ別の椅

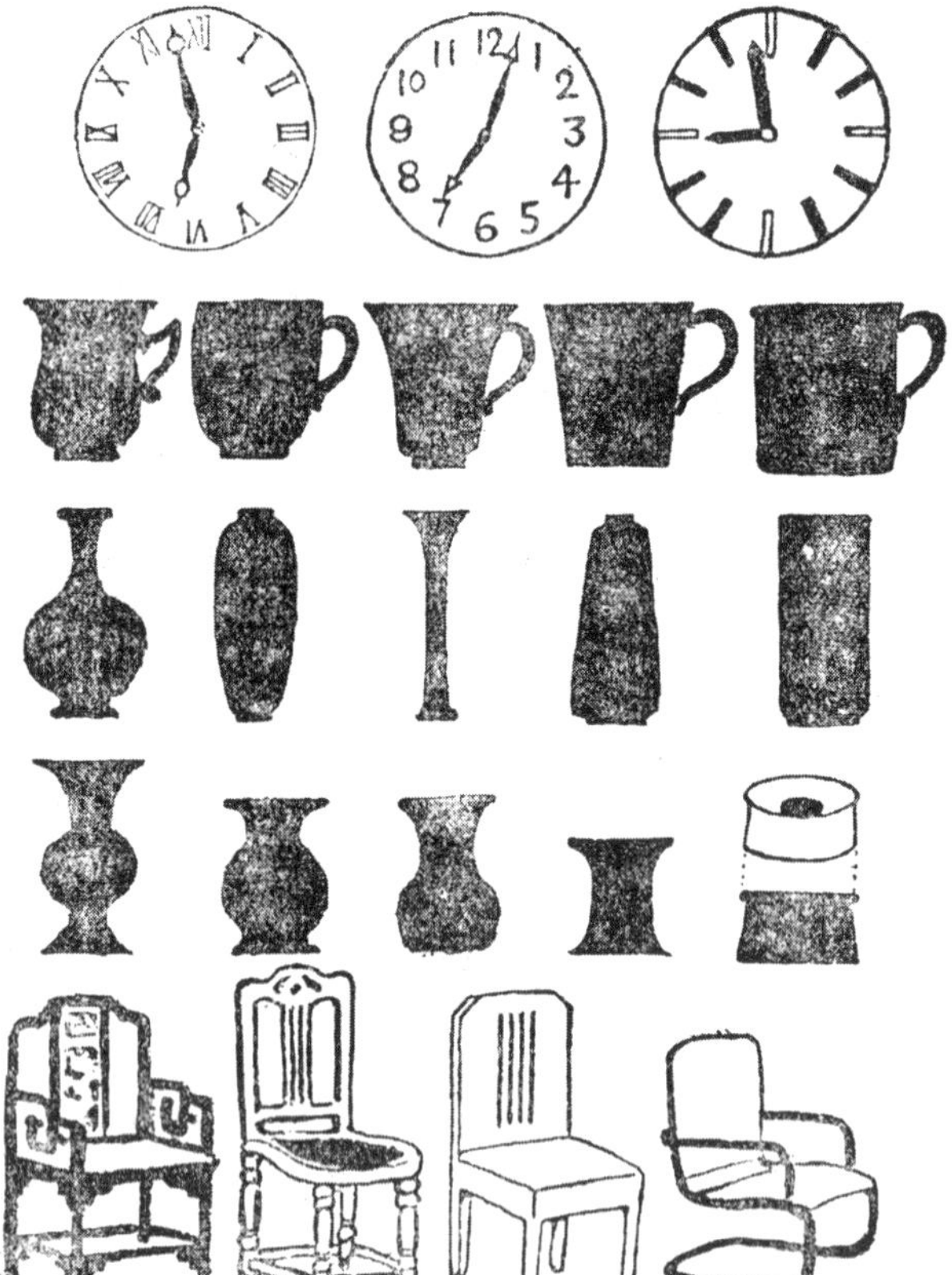

子を描いて、さらに続けた。「おばあちゃんのことを言わなくても、うちの母さんの部屋の籐椅子だって、脚がぐるぐると一段一段巻かれていて、とても面倒なものだよ。だから、その後は流行らなくなって、まっすぐな脚に変わったんだ。もっとシンプルにすると、おじさんの家の鉄パイプの椅子のようになる。その他のテーブルやベッドも、みんな同じような変化を辿ってきたんだ。建築とはそういうものだよ。旧式の家は複雑で、新式の家は単純だ。いつかきみたちが大きな都会に行ったら、実例がたくさん見られるだろう」。父さんは鉛筆を置いて、締めくくりに言った。「建築と工芸美術の流れは同じなんだ。この流れは、人間の考え方や感性によって変わってきたんだよ」

母さんが入ってきて、おばあちゃんの家の様子を聞いたあと、こう言った。「今日の午後、華明《ホワミン》くんのお母さんが来ましたよ。華明くんは朝、庭の雪の上にオシッコをして、華先生に叱られたそうよ。『もう五年生なのに、せっかくの雪を小便で台無しにするなんて、美を愛する心が少しもない。美術の授業で何も学んでいない』って。それで、家で勉強させられているんですって。先生は華明くんのお母さんに言って、うちにある『陽のあたる家』[③]を借りに来させたのよ。今日中に必ず華明くんに読み終わらせて、夜にはテストもするんですって」。弟はこれを聞いて、おしおきを受けた華明くんに同情して、そっと私に言った。「明日、遊びに行こうよ」。私もうなずいた。

注③　旧ソ連のチュマチェンコの童話。

『新少年』一九三六年一月二十五日第一巻第二期掲載

年画

華明くんは庭の雪の上にオシッコをしたので、お父さん——華先生に罰として家で勉強させられている。弟はおしおきを受けている華明くんに同情して、遊びに行ってみようとすぐに私に言った。でも弟はその日、雪の中をおばあちゃんの家に行ったせいでひどい風邪をひいてしまい、治るまで外に出ないように母さんに言われていた。今日はすっかり良くなったので、ようやく私と二人で華明くんのところに行くことになった。

出かけるとき、母さんは私に注意した。「逢春、今日は旧暦の元旦ですよ。もう旧暦は使わなくなったけれど、① こんな田舎ではまだ古い習慣が残っているの。もし華先生のお宅にお正月のお客さんがいらっしゃったら、お邪魔にならないように、早めに帰って来るんですよ」。私は分かりましたと言って、弟と一緒に出発した。

弟は近道を使わないで、お廟通りと、元帥通りを抜けて、遠回りして華先生の家に向かった。きっと旧正月の町の賑わいを見たかったのだろう。お廟通りを歩くと、ほとんどの店はお休みで、店の前には食べ物売りや、年画②やおもちゃの屋台がずらりと並んでいた。道にはおろしたての服を着た田舎の人たちが、

注① 当時、旧暦を廃止して新暦を使うことを提唱していた。
注② 旧正月に貼る、吉祥を表す模様を描いた紙。

男も女も、老人も子供もひしめき合って、押し合いへし合いしてのんびり歩きながら、屋台のいろいろな品物を見上げている。私には、色とりどりの服と、同じように色とりどりの年画や玩具が目にまぶしいほどだった。めったに見られない様子だと思った。お廟に着くと、いくつもの人だかりができていて、手品を見る人もいれば、「めんこ」を眺める人もいる。弟は不思議そうに私に聞いた。「こういうことは、どうして一か月と少し前に、国で決めた暦の元旦のときにやらないのかな？　まさかどうしても今日やらなくちゃいけないの？」私は答えた。「『古い習慣が残っている』のよ。母さんがさっき言ってたでしょう？」弟はむきになって言った。「『古い習慣』って何だろう？　みんな人間がやっていることなんだから、自分で早く変えればいいのに、どうしてできないの？」私は弟と言い争うことはしなかったが、心の中で思った。旧暦や新暦のような小さなことがなぜ改められないのだろう？　目の前の大人たちだって、みんな弟のような小さな子供が大きくなったのだ。どうして決まりの守れない分からずやなのだろう。心の中では不思議でならなかった。考えながら歩いているうちに、いつのまにか華先生の家の前にいた。

扉を開けると、華先生の奥さんが笑顔で出迎えてくれて、中に入るように言った。それから「明《ミン》！　お友達ですよ！」と呼ぶと、華明くんが部屋から出てきて、私たちを見ると、座って、とうれしそうに誘った。彼の下唇は筆を舐めるので墨で真っ黒で、朝から習字の練習をしていたようだった。部屋に入ると、弟はさっそく聞いた。「華明くん、がんばっているね。こんな朝から字の練習？」華明くんは頭をふって、せいせいしたように言った。「来てくれてよかった。もうつまらなくて、ちょうど誰か友達がおしゃべりに来てくれないかと思っていたところなんだ」。私たちを机のところに座らせると、自分は慌ただしく出て行った。見ると、部屋は小さいけれどきちんと片付いている。机と椅子、本棚のほかには、壁には二枚の絵と、文字を書いた横幕がバランスよく掛かっていた。その中の一枚の絵は西洋画を印刷したもので、前に葉心兄さんの絵のお手本帳の中で見たことがある。それはフランスの画家のミレーの『歩きはじめ』で、農家の父親と母親が子供に歩き方を教えているのだった。もう一枚の水彩画は雪景色で、私は華先生が描いたものだろうと思った。横幕には荒々しく四文字で「美以潤心」（美は以て心を潤す）と書かれ、その側にはさらに小さな字で何か描いてある。弟と二人で眺めていると、華明くんがお茶とお菓子を持って入ってきて、ドアを閉めてから、私たちに勧めてくれた。

びっくりしたことに、ドアの後ろには流行の美人画のカレンダー――華先生がいちばん嫌いなものが掛けてあった。あの「美以潤心」の文字とまったく釣り合わない感じがする。弟がすかさずカレンダーのことを聞いた。華明くんはうれしそうに言った。「このカレンダー、綺麗だろう！　でも父さんはいやがって、掛けさせてくれないんだよ。僕が嫌いなもの（壁の『歩きはじめ』「雪景色」「美以潤心」を指差しながら）を無理やり掛けさせられたから、これは仕方なくドアの後ろに掛けて、見られないようにしたんだ。まだ棚の扉の後ろにいいものがあるんだよ！」そう言いながら、立って本棚のほうに行き、扉を開けた。見ると、棚の扉の後ろにもカレンダーがあり、そこには昔の服装をした美人が描かれていて、色どりも派手だった。弟が言った。「きみ、普段からこんな派手なものが好きなんだね」。華明くんは答えた。「派手っていいことじゃないか。この同じ壁のものと見比べてみると、こっちのほうがよほど綺麗だよ。父さんの言うことには、実のところぼくは賛成してないんだよ。父さんはいつもこんな大ざっぱで、ぼんやりした絵や、欠けてぐにゃぐにゃした字や、ちっとも綺麗じゃない風景を喜んで見ているけど、ぼくにはぜんぜん分からないね。あの日、ぼくが雪の上でちょっとオシッコをしたら、大目玉をくらったんだ。『自然の美を愛していない』とか、『美の教養がない』とか、『美術の授業で勉強したことが全く分かっていない』とか……それから冬休みのあいだ、毎日筆で楷書の練習をさせられて、母さんがきみたちの家に借りに行った本を、罰として読んでいるんだよ。あの日やったことは、ぼくだって良くないって分かっているよ。でも思うんだけど、雪ってそんなにいいものかな？　冷たいし、湿っぽいし、お米の粉みたいに食べられるわけじゃないし。あんなにひどく叱られて、おしおきされなくちゃいけないの？　毎日習字ばっかりで、ちっとも面白くない。字は綺麗に書けばそれでいいのに、どうして長い時間をかけて練習しなくちゃいけないの？　それにあの本、『陽のあたる家』ときたら、何が面白いのかちっとも分からないけど、毎日がまんして少しずつ読んでいるんだよ」

私は聞いてみた。「じゃあ、この何日間か、家で何をしているの？」彼は答えた。「今日は、ある計算問題を解いているんだよ。すごく面白い問題なんだ。知ってる？　ひとつずつ数を足していって、十三桁のそろばんの最後まで足していったら、どれくらいの時間がかかると思う？」私はちょっと考えてみたけれど、とても答えられなかった。後から弟が言った。「きっと何か月もかかるんだろうね」。華明くんは言う。

「何か月？　何万年もかかるんだよ！　これってすごく面白い問題だと思わないかい？」それから急に口調を変えて「まだいいものがあるんだよ！」と言うと、机の上の敷物をめくって引き出しを開けると、巻いてある年画を取り出した。私たちに一枚ずつ見せながら言う。「これは昨日の夜、やっと買ってきたんだ。父さんが嫌がるから、引き出しの中に隠しているんだよ」

一目見て、それはさっきお廟通りで見たものだと分かった。珍しいものなので、私たちも面白いと思ったのだった。華明くんはいかにも面白そうに指差して説明した。それはかなりの数があり、「三百六十行」（三百六十の職業）、「吸鴉片」（アヘンを吸う）、「殺子報」（子殺しの報い）、「馬浪蕩」（遊び人）などは、みんな連環画③で、一つのお話がいくつかの場面に分かれ、一つの場面が一枚の絵になっていて、順番に見ていくと映画のようだった。そのほかに一枚の絵で一つのお芝居を描いたものもあって、「水戦蘆花蕩」④や「会審判玉堂春」⑤などは、みんな舞台の上の場面だった。私は一つの絵を見ておかしくなった。なぜなら、人物の姿がみんな奇妙な格好に描かれていたからだ。別の絵はなんだか変だった。たくさんの人が手に船の櫂を持って、大将と一緒に地上に立っている。「水戦」（水上戦）とは言うけれど、まるで舞台の上の場面のように描かれている。いったいお芝居なのか、絵画なのか、どちらだろうか？　総じて、こういった

注③　絵に簡単な説明を加えて歴史故事や物語を表した絵本。
注④　『蘆花蕩』は京劇の演目で、張飛（蜀の将軍）と周瑜（呉の将軍）の、高い草（蘆）の生えた湿地帯での戦いを描く。
注⑤　『玉堂春』は京劇の演目で、無実の罪を着せられた名妓の堂春が審判により救われ、愛人の王金龍と結ばれる物語。

絵は鮮やかな色に頼っていて、一目見て派手な感じがする。もしも色がなかったら、私たちが練習のために描く絵のほうがましだろう。華明くんがそんなに好きだなんて、まったく気が知れない。弟は絵を見て、おかしくて言葉も出ないようだった。華明くんは弟がこの絵を気に入ったのだと思って、何枚かあげようといって自分で選ばせようとした。弟は遠慮したが、華明くんはきかない。私は「遠慮してるなら、代わりに選ぶわね」と言って、あまりどぎつくない色の上品な一枚を選んだ。華明くんは「これは『二十四孝図』[6]で、二枚あるんだよ」と、もう一枚取り出して一緒にくれた。

　このとき、部屋の外ではお客様が来て、華先生の奥さんが出迎える声が聞こえた。私と弟は立ち上がって、帰ることにした。引き出しの中には煙草のカードもたくさんあるから見て行ってよ、と華明くんはまだ見せようとしたけれど、また今度ね、と私たちは遠慮した。

　家に戻ると、母さんは「二十四孝図」の物語をひとつひとつ話してくれた。私は、そのお話がおかしくてたまらなかった。「陸績懐橘遺親」（陸績、懐中の蜜柑を親に食べさせる）などは、盗んだものを母親に食べさせたりして、それでも孝行と言えるのだろうか。母さんはそれから、「郭巨為母埋児」（郭巨、母のために子を埋める）、「王祥臥氷得鯉」（王祥、氷に臥して鯉を得る）、「呉猛恣蚊飽血」（呉猛、蚊に血を吸わせるままにする）という、いちばんおかしな三枚の絵を指した。「陸続が親孝行のために泥棒になるのは、まだましね。郭巨は人を殺してしまったんだから。王祥は孝行のために自分が凍え死んでも、溺れ死んでもかまわなかった。呉猛ときたら、蚊に噛まれて死ぬところだったなんて、本当にどうかしているでしょう」。弟も絵を指した。「こんなにたくさんの蚊にたかられて、呉猛はきっとマラリアや伝染病で死んじゃうよ！」母さんは笑いながら弟の肩を撫でて言った。「大きくなっても、こんなふうに親孝行しないでね！」弟はたしかその日、『新少年』創刊号の「文章展覧」（文章の手本）に載っていた「後ろ姿」⑦を読んで、とても感動して私に言ったのだった。「姉さん、ぼくら大きくなっても、『賢くなりすぎる』のはやめようね！」弟はきっと親孝行になるだろうけれど、決して『二十四孝』の中の人のようにはならないと思う。

華明くんについては、母さんはこう言っている。あの子は本当に趣味が悪くて、ちっとも美術が分からないのね。お父様は立派な美術の先生なのだから、いつかは感化されるかもしれないわ。

『新少年』一九三六年二月二十五日第一巻第三期掲載

注⑥『二十四孝』は、中国で古来、有名な二十四人の親孝行な人物の伝記を記した教訓の書。

注⑦「後ろ姿」（「背影」）は近代の散文作家・詩人の朱自清の散文。作者が故郷の南京を離れて北京大学に進学するとき、駅まで見送ってくれた父親のエピソードを記したもの。

弟の新しいコート

冬休みが終わって学校が始まる日の朝、母さんは弟の新しいコートを出してきて着せた。弟はまず、左腕をぜんぶ袖の中に入れて、右腕が入らなくなったので、大声で泣きわめいた。「いやだ！　小さいよ！」

母さんがやってきて着せてやりながら、こう言った。「なんて田舎っぽいことを言うんでしょう！　コートの着方もまだ分からないなんて。両手を後ろに回して、一度に袖を通すんですよ」。着せ終わってボタンをはめ、少し後ろに下がってしげしげと眺めた。「やっぱりコートはいいわね。ひとかどの新少年みたいですよ。もう袖やお尻をハンカチの代わりにしないように、気を付けなくてはね」。弟は袖で鼻水をぬぐったり、汚れた手を胸のところにこすりつける癖があった。母さんが何度も注意したので、最近は少しよくなって、手で鼻水をぬぐったり、汚れた手を自分では見えないお尻にこすりつけるようになった。父さんにこの「進歩」を馬鹿にされて、弟は恥ずかしそうにしていた。こんどはまた母さんに言われたので、話をそらして笑いながらこう言った。「『新少年』って雑誌でしょ。どうやったら『新少年』みたいになれるのかな！」みんながどっと笑った。

私も、たしかにコートは短衫《ドワンシャン》や長衫《チャンシャン》①より素敵だと思う。弟が短衫を来ている姿は、ますます子供っぽく

注①「短衫」は中国式の短い上着。「長衫」はひとえの長い中国服。

なったようで、見ていられなかった。長衫を着れば、今度はなんだか年をとったようで、ちっとも元気がない。小さなコートを着た今では、見栄えがして、前よりはつらつとして、動作もきびきびして、目も前よりきらきらと輝いて見えるようだ。本当に「ひとかどの新少年」になったみたいだ。弟を連れて学校へ行くと、途中でみんなが見るので、弟はきまり悪くなって、下を向いて私の後ろに隠れてばかりだった。

華先生は両手を胸の前で組んで、校門のところに立っていた。私たちを見ると、笑いながら言った。「柳如金くんの新しいコートは格好いいね！」弟はますます気まずそうに、校門を通り抜けてそそくさと記念講堂のほうに走って行ってしまった。華先生はその姿を目で追った。私は言った。「華先生、弟の『スケッチ』をしてくださいよ」。華先生はうなずいた。

記念講堂はもう男の子たちでいっぱいだった。私たちの学校の習慣では、新学期の一日目はだいたい授業をせず、始業式をして新しい教科書が配られると、みんな帰ってもよく、次の日から授業が始まるのだった。だから男の子たちはみんな教室には行かず、手ぶらで運動場か記念講堂に立って、式が始まるのを待っていた。女の子たちは記念講堂の隣の六年生の教室に集まって待っている。弟は講堂に入ると、人ごみをかき分けて進んで行った。ところがみんなは弟の新しいコートを珍しがって、周りを取り囲んだり、からかったりした。いちばんのお調子者は華明くんで、最初にこう言った。「みんな見てごらん、柳如金くんが新しいコートでお正月の挨拶に来たよ」。「老大爺《ラオダーイエ》」（大日那）というあだ名の王品生《ワンピンション》は、「大馬掛《ダーマーグワ》②」を着ていて、弟の前にやってくると、大人のように両手を胸の前で組み合わせて「拱手《こうしゅ》の礼」をすると、「恭《ゴン》

喜発財《シーファーツァイ》！」（ご繁盛ですなあ！）と言った。李学文《リーシュエウェン》が両手で「老大爺」と弟を引き離し、わざとらしく言った。「『恭喜発財』だって！　旧暦を使うやつはやっつけるぞ！」弟は胸を張って言い返した。「お正月の挨拶をしに来たんじゃないし、旧暦も使ってないよ！」李学文は自分が新しいマフラーと青い紬の「袍子《パオズ》[③]」を着ているのも忘れてやり返した。「今日は旧正月の九日じゃないか。[④]新しい服を着ているのは旧暦を使っているせいだろう！　やっつけろ！」みんなが大笑いした。このとき、沈栄生《シェンロンション》がボーイスカウトの制服を来た張健《ジャンジエン》を引っ張りながらやってきて、彼を弟の前に突き出してわめいた。「二人の外国人！　二人の外国人だよ！」こんどは「ノイローゼ」というあだ名の陳全明《チエンチュエンミン》が張健を引き離し、私たちの教室の中のコートを着た女の

注②　中国式の短いよそ行きの上着。
注③　中国式の長い上着。
注④　伝統的におめでたい日とされる。

子、宋麗金《ソンリージン》のほうを見て、おどけた顔をしながら言った。「二人の外国人じゃない！　二人の『金』だ！　二人のコートを着た『金』だよ！」みんなが手を叩いてはやしたてた。「ほんとだ！　おそろいだ、おそろいだ！」私たちの教室の女の子も笑い出し、みんなが宋麗金のほうを見たので、彼女は赤くなってしまった。華先生は写生帳を取り出して、記念講堂の横の出入口のところに隠れ、生徒たちを写生していたけれど、誰も気がついていなかった。このとき、先生は写生帳をポケットにしまうと、出てきて「静かに！　式を始めますよ！」と叫んだ。続いてチャイムが鳴り、運動場にいた子たちも走ってきて、校長先生も現れた。みんな記念講堂に始業式に行ってしまった。

式のあと、新しい教科書も配られたので帰ろうとしていると、華先生がやって来て私に声をかけてくれた。「きみの弟の『スケッチ』を描いたよ」。先生がポケットから写生帳を取り出して見せると、女の子たちがわあっと集まって取り囲んだ。見ると、弟ひとりではなく、さっき笑っていたたくさんの生徒が描かれている。王品生も、李学文も、張健も、沈栄生も、「ノイローゼ」も、先生の息子の華明くんも入っていた。王品生はベレー帽をかぶり、「大馬褂」を着てえらそうにしていて、本当に大旦那みたいだ。李学文は「長衫」を着てマフラーを巻き、いかにも教養のありそうな様子をしている。華明くんはベレー帽に黒いチョッキで、お店の小僧みたい。張健はやせてひょろっとして、薄っぺらいボーイスカウトの制服を着ていて、見るだけで寒そうだ。沈栄生は上半身は短い上着に黒いチョッキ、下半身は分厚くふくらんだ綿のズボンをはき、足首のところをきゅっと縛って、まるで提灯みたい。「ノイローゼ」はぶかぶかの短い上着にすその短いズボンで、全身ぞろりとして、やはりおどけた顔をしている。「わあ！　みんな違う格好をしていて、一人も同じじゃない！」私が言うと、女の子たちもみんな笑った。自分のまわりを見ると、女の子たちの服装もそれぞれ違って、同じような人はほとんどいない。いちばんおしゃべりな徐嫻《シューシェン》が華先生に、女子の『スケッチ』もしてくださいとお願いした。先生は私たちをひととおり見ると、面白いと思ったようで、「よし、みんな立っていなさい」と写生帳を持って離れた門のほうへ行き、写生をしはじめた。私たちは記念行事をするときのようにきちんと立った。あの「標準美人」（ぶりっ子）のあだ名の金翠娥だけが、甘えた声で言った。「やだ、華先生、私は描いちゃだめ！」それでもじもじして王慧貞《ワンフイジェン》の後ろに隠れようとしたので、彼女に「ちゃんとして！」ときつく言われた。金翠娥はむきになって言い返そうとしたけれど、みんなにぴしゃりと言われて、仕方なくまっすぐ立った。このときは本当に愉快だった。

しばらくして、華先生は描き終わって、写生帳をみんなに見せてくれた。先生が描いた七人の「スケッチ」は、服装もそれぞれ違っていた。宋麗金は黒いコートの中に白いマフラーを巻き、いちばん素敵に見える。金翠娥は旗袍《チーパオ》（チャイナドレス）の上に毛糸の短い上着をはおり、いかにもモダンで、絵を見ているだけでも本当に嫌らしい。徐嫻は旗袍の上に長いチョッキを重ね、花模様の刺繍をした毛糸の帽子をかぶって、なんだか間が抜けていて可愛らしい。王慧貞は短い上着と丈の短いスカートをきちんと着こなし、いちばん大人びて見え、中学生みたいだ。李玉娥《リーユイウー》はチェックの短い上着に短いズボン、まるでお手伝いさんだ。陸宝珠《ルーバオジュー》は黒い綿の短いチョッキにチェックのズボン、首をかしげて、手をチョッキのポケットに手を突っ込んでいて、田舎の女の子みたい。それからもう一人、マフラーをして、長衫を来ている黒い髪の女の子は、私だとみんなが言う。自分ではよくわからなくて、見るとなんだか変な感じがした。

私は華先生にこの写生帳を借りて、家に持って帰って母さんと父さんに見せた。母さんは先生の描いた華明くんを見て、笑った。「自分の息子をこんなにずる賢そうに描いたのね」。私は聞いてみた。「華先生はどうしてこんなに着るものにかまわないのかなあ」。母さんは言った。「かまわないわけがないでしょう。華先生の奥さんと華明くん自身にセンスがなくて、格好よくしようとしないのだから、先生もどうしようもないのよ！」私は父さんにも聞いた。「弟はコートを着たら、どうして短衫や長衫を来ているときより見栄えがするのかなあ」。父さんは言った。「コートは西洋の服装だろう。西洋式の服は、それぞれの部分が人の体のサイズに合わせて裁断されていて、着ると体にぴったりするんだよ。だから体さえバランスが取れていれば、洋服を着ても格好よく見えるんだ。中国式の服は、だいたい体に合わせているけれど、細かい部分のサイズにこだわらないから、着てみるとぴったりしないことが多くて、見た目がなかなかスッキリしないね。服は家具みたいなものだと思えばいい。西洋式は家具を体に合わせる。中国式は体を家具に合わせる」。それからこうも言った。「服装は、実は家具よりもっと大事な実用美術なんだよ。生きた彫刻芸術だね！」

このお話はとても面白かった。そこで、華先生の「スケッチ」を模写して、十四種類の服装の図を描いてみようと思った。弟は学校の帰りに華明くんとお廟のところに遊びに行き、このときやっと帰って、私が描いているのを見ると近寄ってきた。私がコートを着た弟と宋麗金を並べて描いているのを見て、馬鹿にしていると思ったのか、手を伸ばして絵を引ったくろうとした。幸いに私のほうが先に身をかわしたので、取られずにすんだ。

『新少年』一九三六年三月二十五日第一巻第四期掲載

歩きはじめ

お手伝いの徐《シュー》おばさんが籠いっぱいの白菜を提げて、纏足をした小さな足で中庭の石畳をコツコツ響かせながらやってきて、「小さいお客様ですよ！」と叫んだ。私と弟は徐おばさんに聞きもしないで、駆けっこするようにして門のところまで行った。波止場には渡し船がとまり、中には父さんのきょうだいの雪《シュエ》おばさんが座り、おばさんは鎮東《ジェンドン》ちゃんを抱いている。旦那さんの茂春《マオチュン》おじさんは岸の上にかがみ、船の縄を小屋の柱に縛り付けているところだった。私たちは一緒に叫んだ。「鎮東ちゃん！　鎮東ちゃん！」鎮東ちゃんは両手で雪おばさんの顎を突き、一生懸命に下から這い上がろうとしていて、私たちには気がつかない。雪おばさんが両手で赤ちゃんを抱いたまま顔を上げ、代わりに答えた。「まあ、逢春お姉ちゃん！　如金お兄ちゃん！」。最後に「お兄ちゃん」と言うとき、鎮東ちゃんの手で口をふさがれて「如金お母さん」のように聞こえたので、岸にいるみんなが大声で笑った。雪おばさんは笑い声の中で岸に上がってきた。

雪おばさんに抱かれて我が家に入ってきたとき、鎮東ちゃんはしょっちゅう下に降りようとして、おばさんはとうとう抱いていられなくなった。母屋に入る前、おばさんは鎮東ちゃんをタイルの床に降ろしながら言った。「ハイハイしなさいね！　おじさんの家の床は、田舎の家のテーブルの上より綺麗なのよ」。それから母さんにも言った。「『ハイハイしないのに、もう歩く』って、この子のことですよ。うちではやたらに地面を這おうとして、にわとりの糞だって黒クワイだと思って食べようとして」。また大笑いが起こった。母さんは鎮東くんを抱き上げて、膝の上に座らせた。みんなはまわりを囲んでからかった。

鎮東くんは「数え年の三歳」だけれど、本当はまだ一歳半だ。町の小さな子供たちみたいに人見知りしない。長いこと我が家に来ていなかったのに、すぐにみんなに懐いてしまった。雪おばさんが父さんと母さんのことを「おじさん！　おばさん！」と呼ばせようとするとすぐに覚えて、呼ぶときの声もはっきりしていて、顔はにっこりしてとても可愛い。雪おばさんによれば、よその家に行ってもこんなに大人しくしていないという。何と言ってもおばあちゃんの家なのだから、自分の家と同じですよ、と母さん。父さんは「田舎で育っているせいもあるだろうね。田舎の環境は町なかよりずいぶんいいだろう」と言う。それから手を伸ばして鎮東ちゃんのすねをつねり、まんまるで血の巡りのよさそうな赤い顔をなでて、感心したように言った。「ごらん！　これこそ健康美じゃないか！」鎮東ちゃんはにこにこ笑った。

鎮東ちゃんは母さんの膝の上にいるのに我慢できなくなって、また下に降りようとしはじめた。父さんは何歩か下がって、両腕を開いてしゃがみ、母さんに言った。「ハイハイさせなくても、歩かせてみようじゃないか。ほら！　こっちに歩かせてごらん！」母さんは鎮東ちゃんを支えて地面に立たせた。「鎮東いい子ね、おじさんのところまで歩いてごらん！」鎮東ちゃんは大喜びして、父さんを見て笑いながら、ゆっくりと足を前に出して歩きはじめた。母さんが手を離すと、なんとよろよろと父さんの腕の中に歩いていった。母屋の前にいたみんなは大声をあげて喜んだ。父さんはすぐに抱き取ると、鎮東ちゃんを立たせて背

ミレー『歩きはじめ』

中をたたいてやった。鎮東ちゃんはまるまるした小さな顔を父さんの肩にもたせかけて、顔をほころばせて成功の喜びを表した。

こんな可愛らしい光景を、私たちはいつかどこかで見たような気がしたけれど、すぐには思い出せなかった。考えていると、弟が言った。「姉さん、さっきの場面は、華明くんの部屋にかかっていたあの絵にそっくりだね！　ただ、外じゃなくて家の中だったけれど」。私ははっとして、急いで答えた。「そうそう、ミレーの『歩きはじめ』ね。葉心兄さんの絵のお手本帳にもあったわね」。弟は言った。「もう一回やってもらって、父さんに写真を撮ってもらおうよ」「そうね」。そこで一緒に父さんにお願いしてみると、父さんはすぐに賛成して、私に二階のカメラを取ってくるように言った。それから、私を引き止めて、迷いながら言った。「どこで撮ったらいいかな？　先に『構図』を考えてからにしよう」。弟はきっぱりと「裏の塀の囲みの中か、生垣の外、エンジュの木の下、にわとり小屋のところなら、あの絵と同じように撮れるよ」と言った。父さんは笑いながら頷いて、一緒に下見に行った。このとき、ちょうど母さんがお茶とお菓子を置いて、茂春おじさんと雪おばさん、鎮東ちゃんに勧めた。弟が振り返って鎮東ちゃんに言った。「たくさんお菓子を食べるんだよ！　食べ終わったら、みんなで写真を撮ろう！」

父さんは私と弟に人物のポーズを取らせて、遠くから眺めてみたけれど、まだ決めかねている。「ミレーの構図はよく覚えているんだ。だけど人物の配置はどうだったかな？　あの絵を見て確かめたいんだが、見つからないんだ」。弟は「華明くんが持っているよ。僕が借りてくる」と言って、すぐに行ってしまった。父さんは呼びとめる間もなく、行かせるままにした。しばらくして、弟が絵の額を抱えて息を切らせて帰ってきた。後ろには華明くんもいる。「柳先生！　美術の『初歩』[1]が必要なんですか？」華明くんが言うと、みんなが大笑いした。弟が教えてあげた。「『美術』じゃなくて、『ミレー』だよ！　今日ここにはアイシャが来てるんだ、『陽のあたる家』のアイシャだよ、知ってる？　この絵みたいにその子の写真を撮りたいんだ」。そう言いながら、絵の額を父さんに渡して、華明くんを家の中の鎮東ちゃんのところに連れて行った。父さんは絵を見ると、喜んで私に言った。「こんなに上手く行くことってないよ！　ここの生け垣と木の位置は、絵とそっくりじゃないか。それにこのにわとり小屋ときたら、ちょうど絵の中の手押し車の代わりになるね。これがなかったら、左側が軽すぎて、構図が落ち着かなかったよ。よし！　この絵をお手本にしよう。カメラを取っておいで」

私がカメラを持って戻ってきたとき、茂春おじさん、雪おばさん、鎮東ちゃん、華明くん、弟、母さんがもう揃っていた。父さんは弟に鎮東ちゃんを遊ばせておいて、茂春おじさんと雪おばさんにまず練習をさせた。父さんはカメラの後ろの擦りガラスを注意深く覗き込んで、二人の姿勢と位置を調整した。決まると、私は鎮東ちゃんを雪おばさんのところまで抱いていき、おばさんに支えてもらった。鎮東ちゃんは写真を撮られるなんて分からず、小さな腕を持ち上げてにこにこ笑い、歩きたくてうずうずしているみたいだ。さっきよりもうれしそうで、ますます可愛らしい。ところが雪おばさんと茂春おじさんはぎこちない。雪おばさんはあわて言った。「ちょっと待って！　まだ服をちゃんとしていないし、髪の毛もみっともないわ！」父さんが「まだ撮っていないよ、まずいちど試し撮りしてみよう。本当に撮るときは言ってあげるよ」と言ったので、みんなはやっと安心して、自然に練習しはじめた。

雪おばさんは足を広げてかがみ、鎮東ちゃんの両腋に手を入れて、笑いながら言った。「いい子ね、いい子ね、父さんのほうへおいで！」茂春おじさんは左膝をついて、両手を突き出して、励ますように大きな声で言った。「いい子だね、鎮東おいで！」このとき、カメラが「カシャッ」と音をたてて、父さんが言った。「よしよし、撮れたよ！」雪おばさんは一瞬あっけにとられてから、「だまされたわ。ぜんぜん知らなかったのに！」と言ったけれど、父さんは笑いながら答えた。「知らないほうがいいんだよ！　身構えて撮ったら、不自然になるからね」。そうしてカメラを持って家の中に入って行った。みんなは塀の囲みの中に残っ

注① 中国語では歩きはじめを「初歩」という。

て遊んだ。私は鎮東ちゃんを支えながら歩かせ、ボール遊びをし、猫をからかい、にわとりの卵を拾った。弟は、華明くんと二人で石の腰掛けに座って話し込んでいる。華明くんがこう言うのが聞こえた。「『身構えて撮ったら不自然になる』って、本当だね。みんな最初はちっとも元気がなかったよ。それからだんだん生き生きしてきて、僕のあの絵の中の人にそっくりになった」。弟も言った。「きみのあのカレンダーの絵は、だいたい不自然で生き生きしていないよ。どうしてあんなのが好きなの?」華明くんはちょっと考えてから、頷いて「ああ、本当だね」と言って、額の絵を手に取って、まじまじと見ながらひとりごちた。「これがいいんだ。これがいいんだ」。そうして「これ、もういらないだろう。持って帰って掛けるよ」と言って、絵を抱えて行ってしまった。母さんが「もうすぐご飯ですよ」と言うので、みんなが家の中に入った。

『新少年』一九三六年三月十日第一巻第五期掲載

ついばみ

華明くんは、あの日曜に私たちがミレーの『歩きはじめ』の真似をして写真を撮るのを見てから、急に美術への興味が増したようだった。翌日、夜の授業が終わると、鞄を背負ったまま弟と我が家にやってきて、こっそり私にたずねた。「昨日の写真、もう現像できたかい?」父さんは昨日お客さんがあって、焼くひまがなかったのよ、と私は答えた。華明くんは頭をかきながら帰っていった。

その次の日、華明くんはまた鞄を背負ったままやってきた。私はまた言った。「定着剤(チオ硫酸ナトリウム)がなくなって、昨日は現像できなかったの。今朝私から、町の県立中学に手紙を書いて、葉心兄さんに代わりに買ってもらうようにお願いしたわ。兄さんが送ってくれたら、すぐに焼いて見せてあげる」。華明くんはまた頭をかきながら帰っていった。

土曜日の放課後、家に帰ると、葉心兄さんからの小包が来ていた。開けてみると、中には定着剤と一枚の絵が入っている。手紙にはこう書いてあった。「お便りありがとう。みんながミレーの作品の構図を真似して写真を撮ったのを知って、羨ましくてなりません。授業が終わったら、飛行機で見に帰りたいくらいです。定着剤一ポンドはもう買って来ました。この小包で送りますので、受け取ってください。おとうさい、姉さんも美術学校から名画の複製品を何枚も送ってきました。その中にミレーの『ついばみ』もあっ

ミレー　『ついばみ』

て、ぼくは『歩きはじめ』よりもっと面白いと思います。この絵も一緒に送ります。きっと気に入りますよ。このくらいの大きさの額縁がたしか家にあったでしょう。この絵をちょうどいい背景の紙と合わせて、額縁に入れて部屋に掛けてみてください。いつか、よさそうなモデルが見つかったら、この絵の構図を真似して写真を撮ると面白いかもしれませんよ」

私は定着剤を父さんに渡して、その名画を入れる額縁を探しに行った。すると、弟のベッドの前に、彼の「甲の上」の写生画の成果を入れた銀色の額縁があり、大きさもぴったりだった。そこで私は外してちょっと借りて使わせてもらおうと思った。ちょうど組み立てているところに、弟と華明くんが鞄を背負って帰ってきた。弟は私が額を取り外したのを見るなり、鞄をベッドに放り投げて飛びかかってきた。私は葉心兄さんの手紙を弟に見せ、ちょっと借りるだけよ、と説明した。弟は手紙を読んで、私が額に入れたばかりの名画を見るとにっこり笑い、さっきのことはすっかり忘れたように驚いて言った。「この絵、すごくいいね！　『歩きはじめ』と比べても、もっと面白いよ！　この三人の子たちを見てごらん」。弟は額縁を華明くんに見せた。「真ん中の一人は口を開けて食べようとしているところで、小鳥みたいだね。こっちの一人はもう食べて、味わっているところ。もう一人は隣の子が食べるのを見て、つばを飲み込んでいるところ！　ははは……」。華明くんも何も言わずにほほえんで、額縁を持ってしげしげと眺めている。弟が「壁に掛けてみんなに見てもらおうよ！」と言うと、華明くんは額を弟に手渡した。私はそれを窓の側の明るいところに掛けて、みんなに見せた。

弟は絵を指差しながら、しばらくあれこれつぶやいていたけれど、やがて言った。「みんな、この子たちがどうして家の入口で食事しているか分かる？　当ててみて！」それからすぐ自分で答えてしまった。「玄関は涼しいから、夕涼みしながら晩ごはんを食べているんだよ！」私は笑った。「でたらめ言わないで。こんなに厚着していて、頭には帽子も被っているのに、夕涼みがてら食事なんかするものですか。日なたぼっこしてるんじゃないの？　ほら、家の中は暗くて、外は太陽がこんなに明るいじゃない！」華明くんは鞄を背負ったまま絵に見とれていて、何も言わなかった。このとき急に手を打って言った。「そうだ！この女の人はミレーの奥さんで、三人はミレー家の子供たちなんだよ。分かったよ」。弟は自分が間違ったのを知って言いわけもできず、華明くんに八つ当たりした。「きみこそでたらめ言うなよ！　そんなこと、いつ分かったのさ？」それから、阿Qが大根どろぼうをしたときに尼さんに口答えした言葉を借りて問いつめた。「お前が呼んだら返事をするのかい？」華明くんと弟は最近ふたりで『吶喊《とっかん》』を読んで、その中の面白おかしい言葉を覚えていて、ときどき使って笑っていた。こんどは華明くんが、趙七爺《ジャオチーイエ》が七斤《チージン》嫂《サオ》をおどかしたときの言葉で弟に答えた。「本に一行一行書いてあるじゃないか！」そう言って、鞄の中をまさぐった。私はおかしくてお腹が痛かったけれど、華明くんが取り出した黄色い表紙の本を見てみると、「『西洋名画巡礼』豊子愷著」の文字がある。この本は華先生が私たちのクラスで美術のお話をするとき、いつも持ってくる本だと分かったけれど、読んだことはなかった。華明くんはこの本をテーブルの上に広げて、一節を弟と私に読んで聞かせた。

「ところが、このときミレーはとても貧しかったのです。ミレーは自分の日記にもこう書いていました。『もう二日ぶんの薪と食べ物しかなくなった。使い終わったら、どうすればいいのだろう？　妻は来月、子供が生まれる。手ぶらで待っていることしかできない』

次の日の夜、ミレーの家の薪と食べ物はなくなってしまいました。残っているパン屑で子供たちに二日間食べさせ、ミレー自身はひもじい思いをするしかありません。四日目の夜には、灯油も底をつきました。ミレーは一文無しで、暗い家の中でおんぼろの箱の上の座り、明日はいったいどうやって過ごそうかと途方に暮れました。突然、誰かが外でドアを急いで叩く音が聞こえました。ミレーは驚いて、きっと米屋が役人を連れて借金の取り立てに来たのだろうと思い、怖くなりました。けれど、ドアを叩く音はますます早くなり、出て行くしかありません。ドアを開けると、やはり二人の役人が入ってきました。でも丁重な態度でこう言ったのです。『ミレー先生のお宅はこちらですか?』『はい、私がミレーです。何の御用でしょうか?』『我々は役所の者です。先生の絵が素晴らしく、暮し向きに困っておられるのを知って、特別に褒賞として少しばかりのお金を差し上げることになりました』。そうして銀貨を入れた包みをミレーに手渡しました。ミレーはまるで夢を見ているようで、銀貨のずっしりした重さを手に感じながら、何も言うことができません。しばらくして、ようやくこう答えました。『ありがとうございます！　助かりました。我が家はもう二日間、満足に食べていません。何より子供たちがお腹をすかせていて、この二日というもの、少しのパン屑しか口にしていないのです。これで食べさせてやることができます。本当に感謝します！』二人の役人が行ってしまった後、ミレーが包みを開けてみると、中には百フラン入っていました。まるで天から降ってきたようです。こんなに飢えているときにお金をくれる人があるなんて、天が正直者を助けてくれたのではないでしょうか？　ミレーはさっそく、薪と油、米と食べ物を買いに行き、子供たちともうすぐ子供を産む妻に食事をさせました」

華明くんは本から顔を上げると、絵を指しながら言った。「ミレーの家は貧しいんだから、これはきっと彼の家だよ。家にはストーブもなくて寒いから、奥さんは三人の子供に、入口の日の当たるところで食事をさせているんだ。ほら、奥さんの体はこんなに大きくて、きっともうすぐ赤ちゃんが生まれるんだよ！」

後ろのほうで、大人の声で「くすくす」と笑う声がしたので、振り返ってみると、なんと父さんだった。華明くんは顔を真っ赤にした。「きみたち、『西洋名画巡礼』を読んで、西洋の名画を鑑賞しているね。けっこう、けっこう」。父さんはそう言って絵のほうを向いて座り、華明くんに説明しはじめた。「きみの話はだいたい正しいよ。ここに描かれているのは、恐らくミレー自身の家だろうね。でも、我々が名画を鑑賞するときには、『描かれているのが誰か』は、最も重要な問題じゃないんだ。知っていればもちろんいいけれど、知らなくてもかまわない。私がこの絵が好きなのは、その内容も様式もいいからなんだ。内容の意義から言うと、これほど無邪気な子供、これほど愛情にあふれた母親、これほど穏やかな環境を見ていると、感動するじゃないか。彼らと一緒に我々も無邪気に、愛情深く、穏やかになるよ。構図の様式から言うと、この絵は四人の人物を主体としていて、四人のうちでは母親が中心主体、子供たちは副主体だ。主体の置かれた位置が正しいから、画面がとても安定している。それから、家と空、地面はみんな背景になっている。この背景の絶妙な配置を見てごらん。母親の体には陰影が多くて、明るい壁や地面とバランスが取れている。子供たちの体には日が当たって、家の中の暗さとバランスが取れている。こうすると、主体がくっきりと浮かび上がるんだ。しかも、細かい部分も工夫して配置されているよ。たとえば、このニワトリはいなくてもいいけれど、もの足りなくなるから、あったほうが美しいね。ニワトリの下の黒っぽい草は、一見、なくてもいいようだが、これがないと母親の後ろのこの地面が単調すぎるんだ。それに、この絵の左上にあるアパートの穴を見てごらん、注意深く配置されているよ。これがなかったら、この細長い壁はずいぶん殺風景だろう……こういったことは、写真にはできない。だから、写真は絵画にはかなわないんだ」

父さんが話している間、華明くんはずっとほほえみながら頷いていたけれど、このとき父さんに聞いた。「柳先生、『歩きはじめ』の写真はいつできるんですか?」今晩できるから、明日見においで、と父さんは答えた。華明くんは喜んで、鞄を背負うとさよならと言って帰って行った。父さんはそれを見送りながら、私に言った。「以前きみたちは、華明くんは美術が好きじゃないと言っていたけれど、今はとても熱心だし、よく分かっているじゃないか。これからきっと進歩するよ」

『新少年』一九三六年三月二十五日第一巻第六期掲載

子供の日の前夜

子供の日の前日は金曜日で、放課後、弟は鞄を背負ってドアから勢いよく入ってくると、大声で言った。「明日はお祝いの会！　あさっては日曜日！　うんと楽しまなくちゃ！——母さん、何か食べる『東西《もの》』ない？」。[1]そう言って、めちゃくちゃに母さんのふところに飛び込んだ拍子に、母さんが手に持っている毛糸針の編み目がごっそり外れてしまった。

母さんは、眉をひそめて困ったように笑った。「あらまあ、自分の毛糸の上着を駄目にしてしまったじゃないの！——『東西』はありませんよ、『南北』はどう？」弟も笑いながら答えた。「『南北』でも食べるよ。母さん、何か食べる『南北』をちょうだい！」そうして手を母さんの顎の下に突き出した。

母さんはのけぞって弟の手をよけながら、外れてしまった毛糸の編み目を直した。それから、立ち上がって言った。「今日、茂春おじさんが鎮東ちゃんの写真を持って来て、さつまいもを一籠くれたんですよ。奥さんが保存していた干しいもで、とても甘いの。姉さんと一緒に一つむいて食べなさい」。母さんは毛糸の上着をお茶のテーブルに置いて奥に入っていき、長台の下からさつまいもの籠を引っ張り出すと、まるまるとした一本を弟に渡した。弟はそれを持って私のほうに来ると、「『南北』を食べようよ！　姉さん、

注①　中国語では「東西」を「もの」の意味で使う。

『南北』をむくのを手伝ってよ！」と大声で言ったので、みんな笑い出した。書斎にこもって書きものをしていた父さんさえ、ペンを置いて笑った。

私は離れの建物のテーブルに新聞紙を敷き、さつまいもの皮をその上でむいた。終わると四つに分けて、まず弟に言って、二切れを父さんと母さんに持って行かせた。それからテーブルの上を綺麗にして、弟と一緒に座り、それぞれナイフでさつまいもを小さく切り分けながら、ゆっくり食べた。これは本当に上等なもので、ほっくりして甘く、切ったときの見た目も綺麗で、一つ一つが大理石のようだと思った。私は丸い一切れの周囲に十二の角を彫って、「青天白日」[2]の形を作った。弟はこれを見ると自分も欲しがって、一切れを正方形にしてから、四辺を少し切って、「卍」の形を作った。私は言ってやった。「私のは青天白日、中国の国旗なのよ。あなたの『卍』はドイツの国旗、『ロカルノ条約』[3]を破棄したヒトラーの国旗[4]よ。どうしてヒトラーの国旗なんか作るの？」弟は少し考えてから、「やっつけるためだよ！」と言って、さつまいもの「卍」を持って、テーブルの上に力いっぱい叩きつけた。しばらくして、テーブルの上についた模様を見てびっくりして言った。「見て！『卍』の模様がたくさんあるよ。綺麗だね！」見ると、テーブルの上には『卍』型の模様がいくつも押されていて、とても美しい。思わずこう叫んだ。「わあ！印刷機の代わりにできるわね。さつまいもに模様を彫って、墨を塗って紙の上に押したら、木版画と同じね！」弟はこれを聞いて喜んで、食べ残したさつまいもに何か彫ってほしいと言った。私は「本当に彫るなら、別の大きなさつまいもを取って来なくちゃ。大きく彫れるわよ。これは食べてしまったら」と言ったけれど、弟はもう食べるつもりなどなかった。食べ残しを放り出すと、すぐに長台の下にさつまいもを取りに行った。しばらくして、長くて太い一本を持って戻ってくると、くすっと笑って「母さんは見てないよ！」と言った。

　ナイフでさつまいもを切ると、その面積は私の手よりも大きく、模様を彫るのにぴったりだった。さて、何を彫ろうかな？　弟と相談していると、ふと窓の外で足音がした。振り返って見ると、人影が窓の側を離れていくところだった。弟が「だれ？」と言って追いかけて行き、私も頭を出して外を見た。なんと、それは華明くんだったのだ。弟がその腕をつかんで問い詰めた。「華明くん、遊ぼうよ！　どうして見ただけで帰ってしまうのさ？」華明くんは顔を赤くして、恥ずかしそうに言った。「きみたち、何か『東西《もの》』を食べていただろう。また明日来るよ！」弟は言った。「『東西』を食べていたんじゃないよ、『南北』で遊んでいたんだよ！　面白いよ、きみが遊びに来たらいいなと思っていたんだ」。華明くんは不思議そうな顔をして、弟に手を引かれながら入ってきた。私は印刷計画を華明くんに話した。華明くんは鼻水をすすると、夢中になって言った。「昨日、父さんは上海でソ連の版画展を見て来たんだけど、それは全部木を彫って、紙に印刷されているんだって。父さんは木版画をたくさん持って帰ってきたんだよ。その中の何枚かはとても単純で、黒い影がいくつかあるだけなのに、本物そっくりで、とても綺麗なんだ。ぼくた

注②　中華民国の国旗に描かれている、青地に白の太陽の紋章。
注③　一九二五年十月に結ばれた、ドイツを含むヨーロッパの七か国間の安全保障条約。
注④　ドイツ国旗の鉤十字（卐）は一九三三〜一九四五年までヒトラー内閣で使用された。

ちも『さつまいも版画』を作ってみようよ！」そこで、何を彫るかを華明くんと相談した。華明くんはまた鼻をすすって言った。「明日、子供の日のお祝いの会があるから、記念になるものを彫って自分たちで印刷して、友達にあげようよ。面白くないかい？」「いいね！　お祝いのカードを作って、子供の日をお祝いしよう。『新年おめでとう』みたいにね！」私は言った。「子供の日のカードをあげるのはあまりよくないわ。それより栞を作ったほうが、ずっと保存できるでしょう」。みんなが賛成した。すぐに彫ってよ、と弟は言ったけれど、私はためらった。「まず下絵を描かないと、うまく彫れないわ」。華明くんはさつまいもの断面をなでて、ずるずると鼻水をすすりながら言った。「水っぽくて、描きにくいね。それに、描いても印刷すると反対になってしまうよ。やっぱりまず薄紙の上に下絵を描いて、それを貼り付けて裏返しに彫ろうよ。印刷すると、正しい向きになるよ」。「分かった」と私と弟は言った。

　そこで私は薄紙を探してきて、まず栞の形の長方形の枠を作って、その中に何を描こうかなと考えた。華明くんは上を向いてしばらく考えていたけれど、こう言った。「凧上げしている子供にしようよ。凧は上に向かうものだし、進歩の意味になるよ」。私もちょっと考えてみた。「意味はいいわ。けれど、凧の線は斜めになっていて、この栞の形は細長いから、うまく配置できないわ。思うんだけれど、やっぱり風船にしましょうよ。風船も上に向かうものでしょう」。みんなが賛成した。そこで私が風船を描くと、弟が言い出した。「下が空きすぎるから、猫を描こうよ。可愛いよ！」私は弟の言うとおりに描いた。するとこんどは華明くんが言った。「少し文字がなくっちゃね。陰刻[5]で、上に彫ろうよ。『児童節紀念』（子供の日記念）って彫るのはそんなに難しくないだろう。下には『一九三六』の四文字も入れて、今年印刷したことが分かるようにしよう」。私と弟は賛成した。薄紙の下絵はすぐに描けた。それをさつまいもに貼り付けて彫ろうとしていると、もう日が暮れて、晩ご飯の時間が近づいてきた。私たちは華明くんに我家で晩ご飯を食べてもらい、その後で一緒に彫って印刷したらどうかと言った。けれど華明くんはそれを聞かず、家で食事してからすぐ戻って来ると言って、一目散に帰って行った。

私と弟が晩ご飯を食べ終わらないうちに、華明くんはもう戻ってきた。私たちがご飯を早めに終わらせて、あわてて口をすすいで離れに行くと、華明くんは下絵をさつまいもの上に貼り、彫っているところだった。軽やかな手つきでサクサクと彫っていて、とても面白そうだ。弟も負けずに彫りはじめた。絵はすべて二人が彫り終え、残った文字を彫るのは私の役目になった。「二人とも、楽ちんなほうを取ったわね。大目に見てあげるわ！」そのくせ、私は絵を彫るのは簡単すぎて、文字のほうが面白いと思っていた。彫れば彫るほど夢中になる。十五分もしないうちに五つの文字と四つの数字ができあがった。私はもの足りない気がして、できればもう少し彫ってみたかった。

どうやって印刷しようかな？　弟は、筆で青いインクを塗って、画用紙に印刷しようよ、と言う。華明くんによれば、「青いインクに赤を混ぜれば、紫になって、色がもっと綺麗になるよ。薄黄色の厚紙に刷れば、黄色と紫がとても調和するよ」という。「どこにそんな紙があるの？」と聞くと、華明くんは窓枠の上を

注⑤　陰刻は文字や絵画などを凹ませて彫ること。逆に浮き上がらせて彫ることを陽刻という。

指した。「持ってきたよ」。開いてみると、それは華先生がクレヨン画を描くときに使う薄黄色の厚紙だった。弟が「ふうん。お父さんのところからこっそり持って来たの？」と咎めるように言ったけれど、華明くんはかまわずに袖をまくりあげてインクを調合し、刷り始めた。まるで印刷職人みたいだ。すぐに私たちも助手になって手伝った。出来上がりを見るととても綺麗で、映画スターの栞よりも、ずっと素敵だった。一枚刷り上がるごとに、弟は歓声をあげた。

「さつまいも版画」の印刷品は、離れのお茶のテーブルの上、椅子の上、藤の寝台の上、床の上にいっぱいになった。数えてみると、全部で七十枚あった。私たち六年生のクラスが三十人、弟と華明くんの五年生のクラスが三十四人。一人一枚あげれば、合計六十四枚だから、出来の悪いものを六枚除くこともできる。もう時間も遅いので、華明くんは帰ろうとしたけれど、「さつまいも版画」はまだ乾いていない。私は言った。「ここに並べておいて、明日の朝一番に学校へ持っていきましょう」。華明くんは「分かった」と言って、帰りぎわに振り返って、だいぶ乾いたものを一枚選んだ。「先に一枚持って行って、父さんに見せてあげるね……また明日！」

『新少年』一九三六年四月十日第一巻第七期掲載

兒童節紀念
1936

春のピクニック

子供の日の午前中にはお祝いの会が開かれ、春休みになった。この日はちょうど「寒食」[①]で、弟と一緒に下校するとき、家々の軒下には見渡すかぎり、柳の枝がいっぱいに挿されていた。うららかな日差しに心地よい風がそよぎ、柳の枝はひとつなぎの緑の宝石のように、大通りの両側を縁取り、争うように道ゆく人におじきをしている。私は心の中が、何とも言いようのない楽しさでうずうずした。

お昼ご飯がすむと、華明くんがやって来た。けれど軒下に立って家の中を覗き込んだまま、入ってこようとしない。きっと、このところ毎日のように来ているので、嫌がられるのではないかと心配しているのだろう。私と弟はすぐに出迎えに行った。華明くんは私たちを見ると、「春休みはまだ一日目だね！」とうれしそうに言った。三人は何も言わずに、顔を見合わせて笑った。私はまた、楽しくて心の中がくすぐったくなった。特に、華明くんはこれまで美術に興味がなかったのに、最近急に好きになって、毎日私たちと一緒に遊んでいるので、新しい友達ができたようでうれしかった。弟が「『日傘の塚』に行こうよ！」と言って、みんなが賛成したので、三人で出かけることにした。

「日傘の塚」は、町なかから一里[②]ほど離れたところにある、とっておきの場所だ。この塚の周囲はだだっ

注① 清明節の前日。柳の枝を門に挿す風習がある。
注② 一里は五〇〇メートル。

広い野原と田んぼで、真ん中に一本の大きな木がある。木は太くて、私たち三人が手をつないで囲もうとしても届かない。枝はとても多く、人の背丈くらいの高さのところから生い茂って、木の上まで続き、みんな水平で、下を向いたものさえある。木全体が椎茸のようでもあり、大きな日傘のようでもある。それで、この塚は「日傘の塚」と呼ばれている。この木の枝はちょうど日傘の骨のように、ぎっしりと交わりあっている。力の弱い小学生でも楽に登ることができ、てっぺんまで登ってしまえば、ちっとも怖くない。この塚はどこの家のものか分からないけれど、今まで子供たちが遊ぶのを叱った人はいない。まるで、世界がこの土地の子供たちに与えてくれた運動具みたいだ。私たちが来たこの日は、ちょうど大木の上には誰もいなくて、三人が登るのを待っているかのようだった。てっぺんまで登ると、腰を落ち着ける場所も、背もたれも足を置く場所もあり、見晴らしもよくて、しかも落ち着いた場所をそれぞれ選んで座った。一面の野原を見渡しながらおしゃべりしていると、また何とも言えない楽しさを感じた。

　木の上から四方を見渡すと、黄金色の菜の花畑、青々とした原っぱ、燃えるような桃の花、緑鮮やかな木々、それらをすっぽりと覆う青い空が、きらめく日の光に輝いて、なんて穏やかで幸福な春景色なのだろう。遠くの方までお墓があって、墓参りをしている人もいる。赤い薄紙がさわやかな風にはためいて、まわりの緑色にくっきりと映えている。それは、お参りをしている人の悲しげな泣き声が、幸福な春景色の中で際立っているのと、ちょうど同じだ。私は低い声で、ゆうべ父さんが教えてくれた古詩を暗唱した。[③]

烏啼雀噪昏喬木　烏は啼き雀は噪《さわ》いで喬木は昏《くら》く
清明寒食誰家哭　清明寒食誰が家か哭する
風吹曠野紙銭飛　風は曠野を吹いて紙銭飛び
古墓累累春草緑　古墓は累累として春草緑なり
棠梨花下白楊樹　棠梨花の下に白楊樹
尽是死生離別処　尽《ことごと》く是《こ》れ死生離別の処
冥漠重泉哭不聞　冥漠重泉哭すれども聞こえず
瀟瀟暮雨人帰去　瀟瀟《しょうしょう》たる暮雨に人帰り去る

（訳）
烏は鳴き雀は騒がしく囀り、高い木の梢は黄昏に沈もうとしている。
この清明節の寒食の日、どこの家からか泣き声が聞こえる。
風は広々とした野原を吹き抜け、紙銭が飛ばされてゆく。
古い墓が累々と横たわる中に、春の緑色の草が萌え出でる。

注③　宋代の詩人、蘇東坡の詩。白居易の漢詩「寒食野望吟」に基づいている。

姫海棠の花が、白楊の木に映えている。

ここはただ、生と死の別れの場所である。

暗い死者の国からは、泣いてもその声は聞こえてこない。

静かに降る夕方の雨に、人は立ち去ってゆく。


最後の二句まで暗誦すると、寒々とした感じがして、鼻がつんとし、目に少し涙が浮かんだ。それと同時に、また言葉にならない喜びを感じた。この気持ちは、華明くんと弟の会話で中断された。

「いい天気だね！」と華明くん。

「綺麗な色だね！」と弟が続けた。

「全部でいくつの色があるか、分かるかい？」と華明くん。

「三原色が全部あるよ。ほら、あの桃の花は赤、菜の花は黄色、空は青。赤、黄、青の三原色がそろっているよ」と弟。

「二次色はないの？」華明くんがまた聞いた。

「あるよ。赤と黄色で橙色、太陽の光の下の土の色だね。赤と青で紫、あの田んぼの中の草花だね。黄色と青で緑、いくらでもあるよ。原っぱも木の葉も、みんな緑じゃないか！」

「二人とも、赤、黄、青の三原色を合わせたら、何になるか知っている？」私は口をはさんだ。

「黒だよ、黒、黒！」華明くんが勢いよく答えた。

「黒もあるね。あの木の枝だよ！」弟が付け加えた。

「じゃあ、赤、黄、青の三原色も使わなかったら？」私はまた聞いた。

「……」。二人とも見当がつかず、黙ってしまった。

「それは、色がないんだよ。他に何かあるの？」華明くんは、ひとりごとのように言った。

「色がないんじゃなくて、白なのよ！」私が説明すると、みんなが笑い出した。

「白もあるね。あの白い雲、お墓参りをしている女の人の着物」。弟はそう言ってから指を折って数えた。

「赤、黄、青、橙、紫、緑、黒、白」。そうして、感動したように言った。「不思議だね！　三原色から八種類の色ができるんだ」。ますますはしゃいで、こう提案した。「ぼくら、さつまいもを彫って、三色印刷をしない？」私はちょっと考えてみて、たしかに簡単で面白そうだと思い、賛成した。華明くんはまだやり方が分からず、私に説明してほしいと言った。「三つのさつまいもを彫って、ひとつは赤、もうひとつは黄、それから青で印刷するのよ。三色を前もって混ぜておけば、八種類の色ができるわ」。華明くんは急に分かったようだった。三人は誰からともなく大木から降りて、印刷職人になるために、青々とした草を踏んで歩き出した。

　我が家に戻って離れに入ると、華明くんと弟は、さっそく三色印刷の方法を私に聞いてきた。私は考えてみた。赤、黄、青の三つの版で八種類の色を出すには、まず下絵を描く必要がある。そこで鉛筆、画用紙、それに水彩絵の具を準備してから、二人にたずねた。「考えてみて！　八つの色があるのは何だと思う？簡単で、しかも綺麗じゃなくちゃ駄目よ」。弟が言った。「今日見た景色を描いたら？　八つの色が全部あるんじゃないの？」「複雑すぎて、彫りにくいわ」。私が答えると、華明くんは目をこらしてちょっと考えると、こう言った。「花瓶の花にしようよ。花びら、葉っぱ、花瓶、テーブルクロス、みんな自由に配色できるし、彫りやすいよ」。私もそうだと思って、まず三つの花を描いた。赤、黄、橙、それから緑の葉っぱも。こうして赤、黄、橙、緑の四色ができた。それから、青、紫、白、黒の四色の組み合わせ方を考えなくてはいけない。弟が言った。「青い花瓶に紫の敷きもの、背景は白にしよう。でも、黒を使う場所がないね」。すると、「黒でまわりを囲んで、枠にしようよ」と華明くんが言った。私はとても良い方法だと思った。黒で枠を作って、三つのさつまいもの版材の外側の大きさを同じにすれば、印刷するときぴったり合わせやすいだろう。こうやって下絵が決まった。

色を塗ってから、三枚の薄紙を用意した。まず一枚目の紙を図の上に合わせて、赤を含む部分（赤、紫、橙、黒）を鉛筆でなぞった。次に二枚目の紙を合わせて、黄色を含む部分（黄、橙、緑、黒）をなぞった。最後に三枚目の紙を合わせて、青を含む部分（青、紫、緑、黒）をなぞった。それから弟に言って、長台の下から大きなさつまいもをこっそり取ってこさせ、同じ大きさの三つの版材を作り、薄紙をそれぞれ合わせ、三人で分担して彫った。華明くんはいちばん彫りやすい赤版を取った。弟が彫った黄版も簡単だ。私の青版はそれに比べると複雑だけれど、彫ってみるといちばん面白くもあった。しばらくして、みんな彫り終わった。それから三つの小皿を用意して、水彩絵の具の三原色をそれぞれの小皿の中に溶かした。次に三本の古い筆をきちんと洗って、色を塗る刷毛にした。さらに中国紙を探してきて、切って版材より少し大きい十枚の紙にして、印刷を始めた。最初に、いちばん薄い色の黄版を印刷した。乾くのを待って、その上に赤版を重ねた。赤版が乾くと、最後に青版を重ねた。青版が一枚刷り上がるごとに、みんなが「よし！」と声を上げた。十数枚ができあがると、もう日が暮れていた。華明くんはだいたい乾いた一枚を取り上げて、ポケットに入れて言った。「もう帰らなくちゃ。これは持って帰って父さんに見せてあげるよ。また明日ね」

私と弟は、華明くんを引き止めて一緒に夕食を食べて、できれば泊まってもらいたかった。けれど、「家」という隔たりに引き離され、華明くんを見送るほかなかった。

『新少年』一九三六年四月二十五日第一巻第八期掲載

遠足

メーデーの前日は学校が早く終わり、校長先生は四年生以下の子供たちを校庭から出させ、五、六年生に話したいことがあると言った。先生は堅苦しい中山服①を着て、演壇に上がると、直立した。禿頭が五月の朝日に照らされて、ぴかぴか光っている。全体が火を灯した一本の蠟燭のようだ。私たちの列の中で、何人もくすくすと笑い声を立てた。幸い、校長先生には聞こえず、自分の話に夢中になっている。

「明日、五月一日は、メーデーです。皆さん、メーデーの由来を知っていますか。一八八六年、ちょうど今から五十年前、アメリカのシカゴでは多くの労働者が一日じゅう牛馬のように働き、苦しい生活をしていました。そこで団結して、労働条件を改善し、一日の労働時間を八時間以内にするよう、当局に要求したのです。当局は受け入れないばかりか、たくさんの労働者を殺害しました。その三年後の一八八九年、世界各国の人々は、このように労働条件の改善を求めて殺された多くの人々のために、この日を国際労働記念日とすることを決議しました。こうして毎年記念行事を行っているのです。毎日の仕事を八時間とする制度は、中国ではいまだ、ほとんど行われていません。多くの場所の労働者は、依然として彼らの言うように『鳥が囀ってから幽霊が泣くまで』働いているのです。もしこの制度を全世

注① 日本の学生服のような立ち襟の上着。

界で実現したいならば、皆さんはこの日を記念しなければなりません。記念するには、何かの形で示す必要があります。去年のメーデーには、五、六年生が校庭の手入れをしました。今年は方法を変えて、みんなで遠足に行きましょう。長い距離を歩けば、労働の厳しさが理解でき、同時に外に出て自然という教科を学ぶことができるでしょう」

ここまで話したところで、一匹のトンボがひらりと飛んできて、校長先生の頭の上を何度か回った後、ぴかぴかしたおでこに止まった。先生は手を伸ばして追い払おうとした。トンボはモチノキのほうに飛んでいってくるりと回り、すぐに戻ってくると、またもや禿頭に着地した。演壇の下の六、七十人がいっせいに笑った。校長先生も笑って、追い払いながら話し続けた。

「遠足の目的地は、汽車の駅です。明日の早朝七時に学校に集合し、そろって出発しましょう。二十里[2]ですから、だいたい十時には到着できます。呉先生の家がそこにあるので、今日は呉先生には、家に帰ってみんなの昼食の準備をしていただきます。そこで昼食を食べてから、また学校に戻ります。標本ケースやリュックサック、写生帳などの持ちものは、みんな今日のうちに準備しておき、明日の朝学校に持ってきましょう。では、授業にしましょう」

校庭から出るときは、大騒ぎだった。汽車の駅まで行く道順を話し合ったり、持ちものを相談したり。この日、みんなの体は教室にあっても、心はもう駅まで向かう道を歩いていた。

次の日の朝、私たち五、六年生の大集団は、朝日の射す大通りを堂々と行進していた。町なかから離れると、校長先生は私たちに列を崩して自由に歩かせ、道中の風景を眺めたり、まわりの草花を摘んだりできるようにした。そこで、華明くんと弟と私はまたグループになった。ほかの友達は、このところ私たち三人がいつも一緒に絵を見たり、版画を作ったりしているのを見て、三人に「三大美術家」というあだ名をつけていた。このとき、いちばんおしゃべりな陳金明《チェンジンミン》が言った。「今日は、三大美術家は風景の美を研究されたらいいでしょう。前に見える風景はどうでしょうか？　考えてみてくださいよ」。華明くんがもったいぶって言った。「よろしい。まず、大美術家の私が研究してみよう」。両手で丸い形を作ると、円の中から前方の風景を覗いて、こう言った。「非常によろしい！　ただ残念なことに、道のわきの電信柱が一本ごとに短くなり、しかも電線もみんな曲がっている」

華明くんがこう言うと、みんなは急に静かになって、それまでのふざけた態度をやめて、それぞれ観察してじっと考えた。続けて、誰かがひとりごとのように言った。「たしかに変だなあ。どうして電信柱は一本ごとに短くなるんだろう？　電線は近いところでは真っすぐなのに、遠いところではどうして曲がっているんだろう？」陳金明が言った。「みんな忘れたのかい？　これは『遠近法』といって、華先生が図画の授業のときに言われただろう。黒板にこんなふうに書かれたよ。みんなに暗唱して聞かせてあげよう。『視線が出発する一点を〈消失点〉と呼ぶ。前方に向かって並んでいるものは、すべて消失点に集中する。視線より高いものは次第に低くなり、視線より低いものは次第に高くなる』。いま、電信柱のいち

注②　十キロメートル。

ばん上は視線より高いから、だんだん低くなる。いちばん下は視線より低いから、だんだん高くなる。だから、遠いところの電信柱は一本ごとに短くなるんだよ」。みんなが次々にたずねた。「じゃあ、遠いところにある電線は、どうして曲がっているの？」陳金明は答えられなかった。そこで私が笑いながら言った。「みなさん、熱心に風景の美について研究していますね。これでみなさんも大美術家です！　私も大美術家として、この問題を解決しましょう。遠近法には、ひとつの決まりがあるのです。『同じ大きさのものは、遠くなるほど小さくなる。同じ長さの距離は、遠くなるほど短くなる』。電信柱の間の距離は、実際は同じ長さですが、見かけではだんだん短くなります。電線はぴんと張られていますが、重さがあるため、真ん中がどうしても下にたるみます。距離が長くなるほど、このたるみは目立たなくなり、短くなればなるほどはっきり分かります。だから、遠いところにある電線はみんなたるんで見えるのです」。華明くんが続けて言った。「よろしい、よろしい！　例えば、一尺の直線を描けば、真ん中が一分たるんでも分からないが、一寸の直線を描けば、一分たるめばよく分かるでしょう」。[3] 私たちは歩きながらおしゃべりし、遠近法から始まって、いろいろな問題について話した。いつのまにか汽車の駅が見えてきた。

我らが故郷は駅から二十里の近さとはいえ、学校の友達の中には、まだ汽車を見たことのない子もいる。汽車がやって来ると、見とれる子も多かった。過ぎ去ってしまうと、私は線路の真ん中に立ってみんなに説明した。「みなさん、鉄道は遠近法を証明する最もよい例です。この二本のレールは、実際はつねに同じ間隔ですが、一見だんだん近付いて、最後には一点で交わるように見えます。この枕木も、実際はやは

ホッベマ『並木道』

り同じ間隔で並んでいますが、遠くなるほど近付いて、最後には重なってしまうように見えます」。生徒たちはみんな集まってきて、線路を見たことのない子は、あっけに取られたように眺めている。呉先生は駅でみんなを待っていてくれた。私たちを駅の近くでしばらく遊ばせた後、自分の家に連れていってお昼をご馳走してくれた。先生の家の大広間では、八つの食卓に食事が準備されていた。みんなが食べているとき、広間の後ろの衝立の間からは、たくさんの女の人や子供たちの頭が見え隠れして、こちらを覗き見していた。まるで、私たちは結婚式の祝い酒をお呼ばれして、この中に新郎新婦がいるかのようだった。

食事の後は、また町の中をあちこち見学して、三時を過ぎてやっと並んで帰り道についた。五月の夕日がみんなの背後から金色の光を放って、私たちを家までずっと送って

注③　一尺は約〇・三三メートル。一寸（一尺の十分の一）は約三・三センチ。一分（一寸の十分の一）は約〇・三三センチ。

くれた。みんなはそれぞれ、どんどん長くなる自分の影を踏みながら前へ進み、背中は汗でびっしょりになった。校門に着くともう夕暮れに近く、みんなもう学校へは入らず、それぞれ帰って行った。私は今まで、こんなに長い距離を歩いたことがなかったので、とても疲れていた。体じゅう汗をかいて、よけいに気持ちが悪い。「長い距離を歩けば、労働の苦労が分かる」という校長先生の話は本当だった。前は車引きや籠かきや、船の曳き夫を見ても、その人たちの苦労なんて分からなかった。今思えば、彼らは毎日、今の私たちと同じように疲れ切って、毎日こんなふうに汗びっしょりになっていたのだ。

家に帰ると、テーブルの上に一通の郵便物が置かれていた。開けてみると、二枚の厚紙の間に一枚の絵が挟まっている。絵の左右には一行ずつ字が書かれている。「オランダ画家ホッベマ（Hobbema）作『並木道』　葉心より記念として逢春さん、如金くんへ」。なんと、葉心兄さんが県立中学から二人のために送ってくれたのだ。兄さんから美術の贈り物をもらってばかりで、とても感謝している。その絵をしげしげと見ていると、ますますうれしくなってきた。その中に描かれている一本の道は、実際に紙に占めている面積は少しで、一寸の高さにもならないけれど、ずっと遠くまで続いているように見えて、何里もあるみたいだ。歩けばくたくたになりそうで、私は見ているだけで恐ろしくなってきた。遠くの木が紙の上に占めている長さは、近くの木の二十分の一しかない。けれど、近くの木と同じように高く見える。私は今日の遠足で、電信柱と線路で遠近法を研究したので、とても面白かった。遠足から帰ったら、この遠近法の巧みな名画が届いていて、ますますうれしくなった。まずこの名画を二階に持って行ってしまってから、下りてきてお風呂に入ることにしよう。

『新少年』一九三六年五月十日第一巻第九期掲載

竹影

　今朝、弟と華明くんが「電報を打って」いるのが聞こえた。弟が「今——放——後、君——僕——遊」と言うと、華明くんは「放——後——行、食——晩——後、僕——君——遊」と答える。二人はいつもこういう省略した言い方で暗号を作り、それを「電報を打つ」と言っていたけれど、私はそれを聞けばすぐに意味が分かった。弟が言ったのは「今日の放課後、君が僕の家に遊びに来て」という意味で、華明くんの答えは「放課後は行けない、晩ご飯を食べた後、僕が君の家に遊びに行く」という意味だった。華明くんはもともとケンカが好きな子だ。近ごろはどうしたのか、そのケンカのための時間を遊びに使うようになって、私たちはとても仲がいい。三人のいろいろな遊びは、華明くんがいなければほとんど成り立たない。今日、晩ご飯の後にうちに来るというのは、きっと何か考えがあるのだろう。土曜日の夜、何人かの仲良しの友達で集まるのは、なんて楽しいことだろう！

　晩ご飯の後にはますます蒸し暑くなった。窓を全部開け放しにしても、部屋の中は暑くて座っていられないほどだ。太陽はとっくに山陰に沈んだけれど、空はまだ真っ暗ではない。ほの暗い光が窓ぎわに広がり、まるで映画の一場面のようだ。私と弟は籐椅子を運んで、家の後ろの庭で涼んだ。それから徐おばさんに頼んで、華明くんが来たら庭に来てもらうようにした。

私たちは三つの籐椅子を出して、庭の隅の竹林の中に置き、二つは自分たちで座って、もう一つは華明くんのために空けておいた。空は油の少なくなったランプのように、夕焼けの赤い色が少しずつ薄れていく。しばらく西の空をじっと眺めていると、その赤い光が少しずつこぼれるように沈んでいく。かすかだけれど、確かな速さでそれは進み、止めることはできない。うっとりと見つめていると、木の梢の先には別の淡い光が宿って、ゆっくりと明るさを増していくようだ。そちらを見ると、月がもう、東の空の竹林から清らかな光を放っているのだった。庭の眺めも暖色から寒色に、長音階から短音階に変わっていた。門のところに一つの影が現れて、ぴょこんと立ち上がった青ガエルのように、飛び跳ねながらこっちに近付いてくる。華明くんだった。

「あれっ、きみたち気持ちよさそうだね！　この椅子は僕の？」そう言って答えを待たずに、どっかりと籐椅子の上に座り、両足をぶらぶらさせた。椅子の背は竹にもたれていて、華明くんの動きとともに揺れ、上に繋っている竹の葉がサラサラと音を立てた。それは三人の目を引き、みんな顔を上げて空を見上げた。月はもう高く昇り、竹の葉群の中に隠れている。葉が揺れると、月はたくさんのばらばらな小さな形に砕けて、きらきらと私たちの目に映った。綺麗だね、と二人でささやき合った後、華明くんが言った。「楽しい日曜日がもうすぐやって来る！」私も言った。「大好きな土曜日の夜は、もうここにある！　今夜は私たち、何をしましょうか？」弟が言った。「おしゃべりしようよ。まず僕がなぞなぞを出すね。月光に照らされた人影をよく見ると、頭から湯気が出ている。どうしてだと思う？」私と華明くんが信じなかったので、みんなで竹林の外に出て、しゃがんでセメントに落ちた人影を見た。長いこと見ていると、確かに頭の上から何本もの細い湯気が出ていて、漫画に描かれている怒った人のようだ。「口から吐き出した熱でしょう?」「頭の汗がそこから蒸発したんでしょう?」みんなが地面にしゃがみ、しばらくあれこれ言いあったけれど、それでも分からなかった。

いっぽう、華明くんの興味は別のところに移った。半寸ほどの鉛筆を懐から取りだすと、セメントに落ちた自分の影を熱心に描きはじめた。描き終わり、立ち上がって見下ろすと、本当に青ガエルみたいで、自分でも面白がった。私たちはそぞろ歩きしているうちに、セメントの上の竹の葉の影を同時に発見して、いっせいに声を上げた。「あっ、綺麗だね！　中国画みたいだ！」華明くんはさっそく、半寸の鉛筆で描きはじめた。弟も手がむずむずしたらしく、急いで家の中に鉛筆を取りに行った。私も弟の口癖をまねて、「ごね、ごね、私にも一本持ってきて！」と言った。間もなく、弟は木炭を一本渡してくれた。華明くんも自分の半寸の秘密兵器をしまって、木炭に持ち替えた。三人はしゃがんで、木炭でセメントの上に、形がふぞろいなたくさんの竹の葉を描いた。描きながらおしゃべりした。「この枝は校長先生の部屋の横軸にそっくりだね！」「この部分はうちの母屋の前の立軸みたいだね！」「これは『芥子園画伝《かいしえんがでん》』①の中の絵だ！」「これは呉昌碩《ウーチャンシュオ》②だね！」すると突然、一人の大人の声が私たちの頭の上からゆっくりと響いてきた。「こ

注①　清代に刊行された彩色版画の手本。
注②　清朝末期〜近代の画家・書家。

れは管夫人《グワン》だね！」みんながびっくりして体を起こすと、父さんが手を後ろに組んで、セメントのわきの草地に立って、私たちが竹を描くのを見ていた。明らかにずっと前からそこにいたのだ。華明くんは困ったように立ち上がり、木炭を持った手を背中に隠した。まるで我が家のセメントを汚したのを父さんに叱られそうなので、怖がっているみたいだった。父さんはそれがよく分かったようで、すぐに華明くんに言った。「誰が思いついたのかな？　この描き方は面白いね！　私も少し描いてみよう」。弟はあわてて木炭を父さんに渡した。父さんが地面にしゃがんで竹を描き始めると、華明くんはようやく安心し、私たちもますますうれしくなって、描きながら父さんにいろいろなことを聞いた。

「管夫人って誰のこと？」「竹の絵が上手な女性画家だよ。彼女の夫は趙子昂《ジャオズーアン》と言って、馬の絵が得意な男性画家だ。元朝の人で、二人は中国でも有名な画家夫妻なんだよ」

「馬はたしかに描くのが難しいけど、竹はどこが難しいの？　ぼくらが今やっているみたいに描けば、簡単で綺麗じゃない？」「簡単は簡単だけど、こういう『見たままヒョウタンを描く』方法じゃあ、しょせん絵の趣に欠けるし、ただ面白いだけだね。竹を描くということは、本物の竹と同じように描くんじゃなくて、選択と配置を経なくちゃいけないんだよ。画家が竹の最も美しい姿を選んで、紙の上に巧みに配置して、そうしてやっと竹の名画になるんだ。この選択と配置ということがとても難しくて、馬より簡単なわけじゃないよ。馬を描く難しさは馬そのものにあり、竹を描く難しさは竹の葉の組み合わせにある。竹の絵をざっと見ただけでは、ただ墨で乱雑に描きなぐっているようだけど、実は竹の葉の方向、密度、濃淡、厚み、集まったときの形をすべて考慮しなくてはいけない。だから中国画の中では、竹は専門の部門になっている。いつも竹の絵ばかり研究している画家もいるんだよ」「竹はどうして緑色の絵の具を使わないで、いつも墨筆で描くの？ 緑色の絵の具でざっと竹の葉を描いたら、本物らしくない？」「中国画は『似ているか、似ていないか』を重視しないから、西洋画みたいに実物と同じように描かないんだよ。およそ、ものを描くときは、目を閉じて思い浮かべるときに見えるような気韻（気品）を描けさえすれば、よい作品になる。だから西洋画は写真、中国画は記号のようなものだ。記号には墨筆で十分だよ。もともと墨は優れた絵の具で、赤、黄、青の三原色が同じ量で混ざってできている。水墨画は一色しか見えないようで、実は三原色が、つまり世界のあらゆる色が含まれているんだ。だからこそ、水墨画は中国画の中でもいちばん高尚な画法なんだよ。それで、墨で竹を描くのが最も正しいんだ。もしも緑色の絵の具を使ったりしたら、あまりに実物に近づきすぎて、気韻がなくなってしまうだろう。だから、中国の画家は緑の絵の具を使いたがらない。反対に、緑と逆の赤で描くのを好むんだ。これを『朱竹』といって、辰砂をつけて払うように描く。ほら、世の中に赤い竹なんてないだろう？ だけど、このとき画家が描いているのは、実はもう竹そのものではなくて、竹のある種の美の姿、ある種の気韻なんだ。だから赤で描いてもいいんだよ」。父さんはここまで話すと、手に持った木炭を放して立ち上がると、結論のように言った。「中国画はだいたいこうなんだよ。我々も中国画を見るとき、このような見方をしなければならない」

月が高く昇るにつれて、竹の影も地面に描いた木炭の線から離れて、ばらばらな形になってきて、版画から脱け出した絵のようだった。夜もだんだん深まってきたので、華明くんはもう帰ると言った。「明日の昼間、この地面に描いた影を見に来たら、きっともっと綺麗だろうね。雨が降って、ぼくらが描いた『墨竹』を消してしまわなければいいけど。みなさんまた明日！」そう言って華明くんが出て行くのを、私たちは門まで見送った。母屋の前に帰ると、広間に掛かっている掛軸——呉昌碩の描いた墨竹が目に入って、ますます面白く感じた。その竹の葉の方向、密度、濃淡、厚み、集まったときの形には、すべて意味があって、ある種の美の姿と、気韻を表しているように見えた。

『新少年』一九三六年五月二十五日第一巻第十期掲載

呉昌碩　『竹』

父さんの扇子

「焼野火飯」[①]（野外炊飯）の日——立夏の日から、父さんは手に扇子を持つようになった。この一か月は冷え込んでいて、何日かはまだ綿入れの袍子を着る日もあった。でも、父さんがこの扇子を手放すことはほとんどなかった。毎日、学校から帰ると、父さんは扇子に描かれた字や絵を見ながら庭をうろうろしていた。なぜなら、このときちょうど父さんは書きものの仕事を終えて休憩に入るからだ。父さんの休み時間の楽しみは、最近は花や野菜を育てることから、扇子を読むことと庭の散歩に変わっていた。

このことで、前に徐おばさんが不思議がったことがあった。いつかおばさんは私に言った。「お父さんは毎日あの扇子を見ていて、こんなにずうっと見ていても飽きないなんて、本当に根気があるんだねえ」。私は笑ってしまった。おばさんは知らないけれど、父さんは藤の籠いっぱいの扇子を持っているのだ。母さんによれば、百以上あるという。これは、父さんが長年、人に書画を描いてもらい、集めたものだった。毎年、立夏を過ぎると父さんは扇子を出し、数日に一度取り替える。徐おばさんはこのことを知らないので、父さんはいつも同じ扇子を見ていると思って、不思議がったのだ。私が教えてあげると、もっと怪しんだ。「おや、一人で百以上も扇子を持っているなんて、扇子屋が開けますね！　扇子屋だってそんなに

注①　旧暦の立夏の日に、江南の農村では野外でかまどを作り、季節の食材で食事を作って楽しむ。

たくさんは出せませんよ！」

　母さんも、この父さんの凝り性にはいつも不満げだった。母さんのきょうだいのおじさんの家の、葉心兄さんが中学に入るとき、母さんは籠の中の扇子を指して、父さんにこう言った。「あなた一人でこんなに使えないでしょう。葉心くんは書画が好きだから、題字を書いていないのを中学入学の記念に一本あげたらどうかしら」。でも父さんは嫌がって、抵抗した。「私の扇子にはみんな印も日付もあるし、一本一本が、二人の友人どうしの書画に対する思いを呼び起こすんだよ。人にあげられるものじゃないだろう？　葉心くんにあげるんなら、私が自分で描いて贈り物にするよ。出来合いのものより、よっぽど心がこもっているよ」。それからというもの、父さんは扇子の入った籠を隠してしまった。だから、私たちも父さんの扇子を目にすることはほとんどない。最近、父さんは毎日のように扇子を持っているけれど、私たちはそれを見るだけで、扇子に書かれた字や、描いてある花をまじまじと見ることはない。

　今日、学校が終わって家に戻ると、弟がお便所から出てきて、にんまりして言った。「父さんの宝ものを手に入れたよ。見て！」そうして一本の扇子を取り出した。受け取ってみると、確かにここ数日、父さんがいつも手に持っているものだった。きっと、お便所に忘れてしまったのだ。弟は言った。「しばらく返さないことにしよう。父さんが探し始めたら、お話をしてもらうのと引き換えにしよう！」私も賛成した。同時に、こうも思った。「父さんは毎日、扇子を持って庭を行ったり来たりしながら見ているけれど、いったいどんな模様が描いてあるんだろう？　よく見てみることにしよう」。でも、一面には字ばかり描

山水扇

いてあり、みんな草書で、一文字も読めない。もう一方の面には絵が描いてあって、山や木があり、山の中には家があって、窓からは中に人がいるのが見える。背中を丸めて首を伸ばし、赤毛ザルみたいで、なんだかおかしい。他にも描かれているものはみんな変てこだった。山はマッチを積み重ねたみたいに、一本一本の皺がよく分かる。木もまるでオモチャみたいで、葉っぱもほんの数枚しかなく、数えられるくらいだ。その家はとても小さくて窓も一つしかなく、中には一人しか入れない。それに、ぽつんと家があるだけで、お隣の家もなく、前後左右が山と木ばかり。

　私はその赤毛ザルみたいな人になったつもりで想像すると、どうしても落ち着かなくなった。夜になって、嵐がこの家を吹き倒し、オオカミやトラなどの獣が襲いかかってきて、「誰か助けて!」と叫んでも、答える人もない。この家のまわりをよく見てみると、自然のままの山と林ばかりで、田んぼや畑もない。この人は一体、何を食べて暮らしているのだろう。この絵は父さんのお友達の一人の画家が描いたものだろうけれど、この画家はなぜ、こんな風景を選んで父さんの扇子に描いたのだろう？　まさか、自分でこんな場所に住みたかったのだろうか？　そうでなければ、父さんがこういう場所に住みたかったから、わざわざこんな絵を描いたのだろうか？　私は不思議でたまらず、この感想を弟に話した。弟はこう言った。「上のほうに字があるよ。何て書いてあるの？」私は扇子の左の隅に記された二句の詩を声に出して読んだ。「閑座して『周易』を読めば、春の幾たびか去るを知らず」。『周易《しゅうえき》』なら私も知っている。中国のとても古くて、とても難しい古典だ。そこで弟に答えた。「ああ、この人はこんなに寂れた山の中で古い本を読んでいるうちに、月日が過ぎるのも忘れてしまって、春が何度去っていったのかも分からなくなったのね！」弟は「おととい、ぼくらのクラスの陳金明が日記帳に日付を書き間違って、先生に『間抜け』って叱られたんだよ。この人は春が何度過ぎ去ったのかも分からないなんて、本当に間抜けもいいところだね！」それから、ちょっと考えて一人言のように言った。「扇子にどうしてこんな絵を描いて、こんな詩を書くんだろう？　何かいいことでもあるのかな？」

外では父さんが困っている声がした。「どこに行ったんだろう？　便所の洗面器の棚に置いたのをはっきり覚えているのに、どんなに探しても見つからない……」。弟は私に向かって首をすくめ、舌を出してみせると、扇子を持って出て行き、私も後について行った。弟は扇子を背中に隠して父さんに言った。「父さん、扇子を探しているの？　僕が探してあげるよ、もし僕たちにお話をしてくれるなら」。父さんは悪だくみを見破って、弟を引き寄せて扇子を探しながら、笑ってこう言った。「私の扇子を返しなさい、晩にお話をしてあげるから」。弟の背中の扇子は父さんに見つかってしまった。父さんは扇子を開いて何度もよく見て、壊れていないのが分かると、やっと安心したようだった。私はこの機会に、絵についての疑問を父さんに聞いてみた。「どうしてこの画家は、恐ろしい山の中に住んで、月日も忘れてしまうような人を扇子に描いたの？」父さんは笑った。「これは昔の大人が好きな絵なんだ。きみたちはもちろん好きじゃないだろうし、好きになるべきでもないよ」。私はますます不思議になって、もう一度聞いた。「昔の大人はどうしてこういう絵が好きだったの？」 父さんは籐椅子に座って、いかにも面白そうにこんな話をしてくれた。

「中国は昔、人口が今のように多くなく、交通もこんなに便利でなく、仕事もこんなに忙しくなかったから、人の生活はのんびりしていて、田畑を耕して食べ、布を織って着るほかは、ゆったりと自然の風景を眺めて暮らしていればよかったんだ。一年じゅう自然の中に住んで、穏やかに静かな暮らしをしている人もいた。でも、これは昔の話だ。その後、世の中はだんだん混乱し、仕事も複雑になって、人の生活はそんなに気楽なものではなくなった。ただ、中国人には特別な性格があって、それは『古《いにしえ》を好む』ということだ。どんなことについても、現在は悪く、昔は良かったと考える。だから、多忙な時代に生きている人は極端に昔の落ち着いた生活を賛美し、ただ昔に戻って先人のように暮らすのが素晴らしいと考える。この夢想は、彼らの絵の中にも表現されている。都で役人をしている画家に限って、冬の川で釣りをしているような隠居生活を描くのを好むものだ。騒がしい町なかに住んでいる画家なら、寂れた山のなかで古い本を読んでいるような、静かな生活を描きたがる。山水画は寂れていればいるほどよく、人物画はのんびりしていればいるほどいい」。父さんは扇子を指して、また続けた。「こうやって、隣人もなく、食べ物もなく、風雨も恐れず、トラやオオカミものともせず、月日も忘れてしまうような寂れた山で『易経』を読む絵が生まれた。もともと人間らしさとはかけ離れたものだが、彼らからすれば、人間らしくなければないほどいいんだよ」。ここまで言うと、父さんは皮肉っぽく笑った。それからまた真面目に言った。「でも、現在はこういった絵では、多くの人に好かれることはできないよ。今の時代はこんなに交通も便利で、生存競争もこんなに激しく、人生で出会う災難もこんなに多いのだから、昔のことを夢見ても何の役にも立たないことを、みんな少しずつ分かってきたんだね。昔の静かな生活を描いた絵にも、興味が持てなくなってしまったんだ。きみたちは現代人で、学校では現代人の教育を受けているんだから、こんな絵を好きなはずがないし、好きになるべきでもない。きみたちだけじゃなく、私だって、こういう絵を心から面白いと感じることはないよ。ただ、この扇子は三十年前の古いものだから、私はこれを記念品だと思って、骨董として鑑賞しているだけなんだよ」

父さんは扇子をたたむと立ち上がり、別の熱心な様子で話を続けた。「扇子の面は、中国独特の絵画なんだ。弧形の枠の中に美しい図を配置するのは、なかなか難しいけれど、面白いことなんだよ。実は、扇子の面に絵を描くのは、必ずしも昔の方法通りに、こういう山水や花ばかり描いている必要はなく、西洋画のような現代生活のモチーフだって、うまく弧形の構図の中に入れることができるんだ。きみたちも試しに描いてごらん、面白いよ」。晩ご飯のお茶碗や箸がもうテーブルに並んでいる。父さんは話し終わると、自分の宝物を持って書斎に行き、まずそれを大事にしまってから、晩ご飯を食べに来た。私は、父さんの最後の言葉にわくわくしていた。先に扇子を一つ買ってきて、試しに描いてみることにしよう。

『新少年』一九三六年六月十日第一巻第十一期掲載

試し描き

母さんは、町にいるおばさんの家の結婚式にお呼ばれすることになった。私たちは勉強があるので、一緒に行けない。母さんは出かける前に私と弟に言った。「帰りに何か買ってきてあげましょうか。お姉ちゃんは夏用の着物、ぼくにはピンポンのセット」。私は答えた。「夏の着物はいらないから、まっさらな扇子がほしいな」。母さんはいいですよと言って、出かけて行った。

父さんは言ったっけ。「扇子には必ずしも昔のような山水や花を描かなくとも、西洋画の方法で現代の生活を描いてもかまわない」。私は試しに扇子に描いてみたくなった。父さんはこうも言った。「扇子の弧形の枠は、構図がなかなか難しい」と。私の扇子はまだ買ってきてもらっていないけれど、先に構図を考えておいてもいいだろう。華先生は図画の授業のとき、構図の方法を何度も教えてくれた。ある時は、先生は自分の体で実例を示して見せてくれた。とても分かりやすいうえに笑ってしまったので、それから忘れられなくなった。先生は教室の入口の敷居のところまで行くと、まず体をまっすぐにして、入口の真ん中に立ち、みんなに聞いた。「こうすると格好いいかな?」私たちのほとんどが「格好いい」と答えた。次に先生は体を一歩ずらし、だいたい入口の三分の一のところに立って、また聞いた。「格好いいかな?」私たちのほとんどが、また「格好いい」と答えた。最後に、先生は体を縮めて、入口の端っこに寄って、まるで乞食が物乞いをしているようにして、また聞いた。「格好いいかな?」みんな大笑いして、いっせいに答えた。「とっても格好わるい!」そこで先生は教壇に戻りながら、私たちに言った。「絵を描くのも同じことで、例えば今日、描こうとするこのクレゾールの瓶だってそうなんだよ。真ん中に置いても、三分の一のところに置いても格好いい。でも端っこに寄せるとみっともないだろう」。先生が自分をクレゾールの瓶に例えるのを聞いて、私たちのほとんどは、思わず笑ってしまった。それからというもの、先生に「クレゾール瓶」というあだ名をつけた。でも先生はそのとき全く気が付かない様子で、調子に乗って話を続けた。「でも、覚えておくんだよ。前の二つはどちらも格好いいけれど、違いがあるんだ。最初の格好よさは『均整が取れている』、次の格好よさは『自然でさりげない』だろう。図案画、装飾画、肖像画はたいてい前のほうを取り、写生画は後のほうを取ることが多いね」

さらに、先生は三本のチンゲンサイの描き方を教えてくれた。生徒の中から三人を選び、教壇の上に同じ間隔を空けて立たせ、手にはそれぞれ本を持たせた。先生は聞いた。「こうすると格好いいかな?」私たちのほとんどが「格好いい」と答えた。次に、二人に一冊の本を持たせ、教壇の三分の一のところで一緒に読ませた。残りの一人は隣で頭を傾けて、覗き込むようにさせた。先生は聞いた。「こうすると格好いいかな?」私たち全員がいっせいに答えた。「とっても格好いい!」最後に、三人にそれぞれ本を持たせて、教壇の三つの角に立たせた。「こうすると格好いいかな?」私たちはまた全員で答えた。「とっても格好わるい!」そこで、先生は三人を席に戻らせ、みんなに言った。「絵を描くのも同じことなんだよ。たとえばこの三本のチンゲンサイは、図案画を描くなら、同じように三本を並べて描いてもかまわない。装飾を加えるなら、その形は均等、対称、それに反復でも見栄えがいい。もし写生画を描くなら、一列に並べて描くのは型にはまりすぎるし、三つの角に置くのも散漫すぎるから、うまく配置しなければならない。この三本を中心点に集中させて、しかも主と従をつくる。そうすると変化が生まれて、ぎこちなくないし、それに秩序があって散漫でなく、いかにも自然に見えるだろう。配置の方法は、さっきの三人の人と同じだよ。二本を一緒に三分の一のところに置けば、これが主になって、絵の中心点になる。残りの一本を少し離して置くと、これが従になり、主に付属しつつ、中心点のほうを向いている。そうすると絵全体に変化が生まれ、統一感も出て、見た目がとても自然になるね」

私はこの授業を思い出して、扇子の構図を描くときの参考にしようと思った。ところが意外にも、鉛筆で下書きをしようとして、すぐに大弱りしてしまった。クレゾールの瓶でもチンゲンサイでも、どちらにせよ地面の水平な線がある。私の扇子に水平な線を描こうとすれば、どうしても左隅から右隅に扇子の面を横断して、いびつな形に二分することになる。みっともない！　私はこの点を父さんに聞いてみた。父さんは教えてくれた。「難しいのはその点なんだよ。きみたちが学校で描く絵は、だいたい水平な線があるから、扇子の面に描くのには向かない。扇子にふさわしい画材は、第一に水平な線が目立たないもの、第二にもともと真ん中が高くて左右が低いものを選ぶ必要がある。中国の旧式な扇子の絵の題材で、いちばんよく使われるのは山水で、次は花鳥、最後が人物だ。山水の樹木は水平な線を隠してくれるし、高さを好きなようにできるから、配置しやすいからね。花鳥も一部分の枝を切り取ればいいし、背景がなくとも空中に懸け渡しておけばいいから、使いやすい。ところが、人物は家などを背景にする必要があって、家はだいたい水平な線が目立って、高さも自由にできないから、扇子の面ではいちばん配置しにくいんだ。扇子に描きたいなら、静物じゃなくて、風景がいいね。きみたちは山水を描かなくとも、風景の写生は練習したことがあるだろう。考えてごらん、どんな風景の様式がいちばん扇子の形の枠にふさわしいか？ただし、同時に内容も考えなくちゃいけないよ。扇子は夏のものだから、扇子には見る人を爽やかな気分にさせてくれる風景を描かなくちゃ」

私は自分の部屋に戻って、写生帳を出してめくってみた。遠足の日の道中に、柳の木陰の岩に座っている三人の生徒を写生した一枚を見つけて、扇子に描くのにぴったりだと思った。その柳の木は枝葉が広がり、木のてっぺんから両側に向けてだんだん低くなり、ちょうど扇子の上辺のようだった。柳の木の下には、真ん中に大きな岩がそびえ立っている。両側の地面と雑草は少し変えて、左右を伸ばして低くすれば、扇子の下辺に合うだろう。私は題材を決めると、一枚の白紙を持ってきて、鉛筆で扇型の枠を描き、まず紙の上にいちど試し描きしてみた。柳の木のてっぺんは描かず、扇子の上辺から柳の枝を下に垂らし、さらに生き生きとした感じを出した。それから岩は扇子の横の長さの三分の一のところに置き、構図のルールに合わせた。私は紙を壁に留めると、何歩か下がって眺めてみて、自分ではとても満足した。母さんが早く帰ってきて扇子をくれたら、ちゃんと扇子に描いてみることができるのに。

柳蔭晩涼

　突然、さっき父さんが最後に言った言葉を思い出した。ちゃんと扇子に描くには、まだ難しい問題が残っている。私が選んだ風景の内容は、扇子に描くのにふさわしいだろうか？　この風景の上にはどんな字を書いたらいいのか？三人が柳の木陰の岩に座っている風景は、見かけは確かに爽やかだし、少なくとも扇子に合わないわけではない。じゃあ、どんな字を書こうかな？　「遠足途中」（遠足の途中）は？　この風景は遠足とそれほど関係はなく、ただ私が遠足の途中に描いたことを知っているだけ。他の人が見ても意味がないだろう。「柳蔭」（柳の蔭）は？　簡単すぎる。「晩涼」（夕涼み）は？　この二文字は夏には人に爽やかな感じを与えるけれど、少なすぎる。

　そこで、突然ひらめいた。夜の景色に変えたら、もっと爽やかで、描くのももっと簡単じゃないだろうか？　私は柳の梢の上に、大きなお月様を描いた。その一筆を加えると、木も岩も、地面も、雑草も人物も、私のまぶたの中では群青色に変わった。とても涼やかな風景だし、描くときにはただ影絵みたいな平板な塗り方をするだけで、木の枝や人物を細かく描かなくてもいい。都合のいいことに、右側に座っている人は手を上げて何かを指差している。指差しているのがちょうど月みたいで、まるで三人がそこで月について話しているみたいだ。私は前に読んだことのある詩の第一句を思い出した。「名月幾時有」（「名月幾時よりか有る」。月はいつからあるのだろう？）[1]。私はこの一句が大好きで、世の中でいちばん不思議なのに、みんなが気にとめていない大疑問だと思っている。いつか葉心兄さんと話したことがあって、兄さんも知りたがっていた。そこで、私はこの扇子に、この五つの文字を書くことにした。もし絵の出来がそれほど悪くなかったら、葉心兄さんにあげることにしよう。兄さんはいつも私の美術の練習を気にかけて、何度も美術品を送ってくれた。この初夏の贈り物でお返しをして、私の成果報告にもすることにしよう。母さんが扇子を買ってきてくれたら、そうすることに決めた。

『新少年』一九三六年六月二十五日第一巻第十二期掲載

注①　宋代の詩人、蘇軾の詞「水調歌頭」の中の一句。

珍珠米（トウモロコシ）

葉心兄さんが夏休みで帰省したとき、私たちにはまだ期末試験が三日間残っていた。私は兄さんに言った。「中学生は楽ちんなのね！」兄さんは答えた。「ケチケチしなくても、損するのはたった三日間じゃないか。次の学期はきみだって中学生だろう」。この言葉に、私は急に将来のことを考えはじめた。留年、卒業、中途退学、進学、落第、合格……さまざまな思いが頭の中を駆け巡り、まるで姿の捉えられない幻影のようだった。いっぽうで、母校を離れ、一緒に過ごしてきた友達とも別れると思うと、いろいろな思いにも取りつかれて、期末試験の勉強をする勇気さえしぼんでしまいそうだった。

今、最後の三日間の試験は過ぎ去ったのだ。もう成績も出て、私の総合平均点は思いがけなく合格し、もう卒業が確定した。前に頭の中を駆けめぐっていた捉えどころのない幻影も、今では未来への予感に変わった。でも、お別れのことを思って、今日はますます気持ちが落ち込んでいる。教室で引き出しを整理しながら、これが永遠のお別れだと思うと、教室の中の何もかもが愛おしくなった。底に亀裂がたくさんある引き出しは、以前は鉛筆や消しゴムがしょっちゅう床に落ちてしまい、大嫌いだった。いつもレンガのかけらで力いっぱい叩いていたけれど、今では申し訳なく思っている。小刀の傷だらけの机は、以前は鉛筆の芯が紙に刺さるのでもっと嫌いだったけれど、今こうして見慣れた傷あとを見つめていると、なんだか名残惜しい。それに、私の席の位置から黒板を見ると、いつも左隅に大きな反射光が当たって、字もよく見えなかった。これにはいちばん困って、ノートを取るたびに、よく見るために体をくねくね動かして、苦労したものだ。これからは苦労しようと思っても、もうできなくなる。実はこんなことより、もっと忘れがたいのは、何人かの先生たちのことだ。校長先生の禿頭、クラス担任の先生の濃い眉毛、潘《パン》先生の紅い鼻、華先生の大きな二本の歯。もうすっかり見慣れてしまって、目を閉じても浮かんでくる。校長先生の「それから」、クラス担任の先生の「ただし」、史《シー》先生の「だいたい」、華先生が音楽のような調子で言う「お友達の皆さん」。私たちはみんな聞き慣れてしまって、ものまねができる子もいるくらいだ。こんな姿や口調にも、これからは二度と間近に接することはできない。ここまで考えると、心の中に何とも言えない悲しみがこみあげてきた。

　父さんはこれを「多情の悲哀」と言っている。父さんは、私が『クオーレ』[1]を愛読しているので、性格が感化されたのだと言う。あるとき、父さんはこの本の最初のページを開いて見せて、私に言った。「この子は情が深すぎるね。エンリコは四年生になったとき、三年生のときの赤毛の先生を見て、懐かしさに悲しくなるなんて、感じやすすぎるよ。二年生のときの女の先生は、エンリコが二度と彼女の教室の前を通ろうとしないものだから、悲しんでいるよ。まったく情が深すぎて、余計な面倒を起こしているね」。今日の私の様々な物思いも、情が深すぎるのかもしれない。でも、私はなるべく自分の感情を抑えて、きっぱりと引き出しを空にして学校を去る準備をし、未来に向けて勇気を持って歩きだした。

華先生が、二本の大きな八重歯を見せて教室に入ってきた。「お友達の皆さん」と先生がメロディのように言うと、私たちは何かお話があるのだなと思って、授業のときと同じように着席して耳をかたむけた。先生は続けた。「皆さんの期末試験も終わって、成績もみんな合格し、あとは卒業式を待つだけとなりました。とても喜ばしいことです。美術には試験はありません。でも、皆さんはもう学校に来ることはないのですから、何か成果を学校に残しておくべきです。後で他のクラスと比べてみることもできます。普段の授業の成果は、もう何点か選んで残してありますが、最近の作品ではありません。今日の午後は自由ですから、皆さんは家に帰って、それぞれ写生画を描いて、卒業制作として学校に残しましょう。どうですか?」私たちは揃って「はい!」と答えた。先生は続けた。「絵はどんなものでもいいです。サイズも、色を使っても使わなくても、ただ写生画——忠実な写生画であればいいのです。これで、皆さんが学校で何年も図画を勉強して、目の観察力と手の描写力がどれだけ訓練されたか分かるのです。でも、人に描いてもらってはいけませんよ。先生にはすぐ分かりますからね」。先生は、最後の授業でこんなふうに、みんなを信じていないような言い方をして、ばつが悪いと思ったようで、すぐに言い直した。「でも、皆さんは絶対にそんなことをしないのを知っていますよ!」私たちも揃って「しません!」と答えた。

お昼になって、私は大きな本の包みを抱えて帰りながら、絵の題材を何にしようかと考えた。ああでもない、こうでもないと考えがまとまらない。家に入ると、テーブルの上にほかほか湯気を立てている籠が

注① イタリアの作家エドモンド・デ・アミーチスの児童文学。

あって、中には蒸《ふ》かしたてのトウモロコシがたくさん入っていた。「茂春おじさんの家からもらったんだ」と、すぐに分かった。これが私の大好物なのは、金色の長いひげは西洋人形の髪の毛みたいだし、クリーム色の粒は象牙を彫ったビーズみたいに綺麗だからだ。蒸かした後は、このビーズは黄金色に変わって、もっと愛らしくなる。それから、トウモロコシには香り餅米のような特別な匂いがあって、お腹をすかせた人にはとりわけいい香りだ。その味も特別で、甘くもなく塩辛くもなく、誰にとっても食べ飽きない。でも、私が好きなのは美味しいからだけではなく、遊んでも面白いからなのだ。私の遊び方にはいろいろある。粒をすっかり落として袋に入れて、一袋の小さな大豆みたいに、一粒ずつ取り出して食べることもある。トウモロコシの粒を抜いて模様を作ることもあって、こうするともっと面白い。しましま、円形、斜め線、点々など、どんな図案でもできる。食べ物のなかで、いちばん好きなのはサツマイモとトウモロコシだ。食べるほかにサツマイモは彫って印刷もできるし、トウモロコシは図案も作れる。この二つの食べ物は、実用性と趣味性を兼ねそなえたものだと言える。トウモロコシの名前はいろいろあって、「六穀」「粟米」「棒子」「玉米」「玉麦」「鶏頭粟」「珍珠粟」「珍珠米」はみんなその呼び名だ。私は「珍珠米」[2]がいちばんふさわしく、響きが美しいと思うので、こう呼ぶのが好きだ。午後は「珍珠米」の写生をすることにしよう。

　長台の下には、まだ蒸かしていない「珍珠米」が籠いっぱいある。生の実の外側は皮に覆われていて、長いひげもあり、蒸かしたものより見栄えがいい。私は二つ取り出すと、皮つきのものを一つ、むいたものを一つ、テーブルの上に横たえた。小と大、近と遠、複雑と簡素、従と主になっていて、構図を取るのにもふさわしい。鉛筆で輪郭をとり、陰影をつけると、もう立体感が現れた。さらに黄色で薄い色をつけると、ますます写生の効果が出る。この最後の写生の練習は、本当に面白い！　前に学校の図画の授業で写生をしたときは、なぜこれほど面白くなかったのだろう？　あれこれ思い出してみると、原因はたくさんある。これは最後の一回だから、張り切っているのも原因の一つだろう。「珍珠米」が愛らしいのもその一つ。もっとも大きな原因は、やはり写生の環境にありそうだ。前に教室で写生したときには、二、四十人の生徒が一つのモデルを一緒に見たので、位置をうまく配置するのはかなり難しかった。少しの人しか良い位置で見ることができず、その他の大多数の人からは、おかしな位置でしか見えない。華先生もこの点の難しさは分かっていて、一度は十種類のモデルを持ってきたこともある。生徒を十組に分け、グループごとに三、四人で一つのモデルを写生させると、位置もかなり調整しやすい。でも先生が教材を準備するのが大変すぎて、いつもこの方法を行うことはできなかった。今日私は、家で自分でモデルを準備し、一人で写生したので、もちろん学校でグループに分かれて描いたときよりも、思い通りにできた。絵の練習はピアノの練習と同じで、集団で学ぶよりも、個別に学ぶのに向いている。明日、この絵を華先生に渡すとき、この点を伝えて、次の学期には何かいい写生の方法を考えてもらうことにしよう。私たちは卒業するけれど、いろいろ下級生の役に立つだろう。

注②「珍珠」は中国語で真珠の意味。

『新少年』一九三六年七月十日第二巻第一期掲載

母さんの水浴び

家の奥でするどい叫び声がした。私は火事だと思って、持っていたスイカをあわてて放り出して中に駆け込み、弟も後から付いてきた。

叫び声はお風呂場からで、声の主は母さんだった。「来ないで！　来ないで！　ちょっと待って！　ちょっと待って！」すっかり動転した金切り声だ。去年、お隣の豆腐屋さんが火事になったとき以外、母さんはこんな悲鳴をあげたことはない。お風呂場の向かい側を振り返ると、離れの瓦の上の高いところに工事の人が一人いて、首をすくめ、困ったような笑いを浮かべ、気をつけて足を進めながら、ゆっくりと屋根から降りてくるところだった。私はその様子を見て、一瞬何があったのか考え、おかしくて顔が上げられなくなった。

我が家のお風呂場は、離れの建物を改造して作ったものだ。ガラス窓の下半分には、人の背丈より高いカーテンがかかっていて、窓の外を行き来する人は、部屋の中を見ることはできない。でも、ガラス窓の上半分には覆いがない。お風呂場の中にいると、向かい側の離れの屋根瓦に生えている花や、通り過ぎる白猫も見える。あるとき、私がお風呂に入っていると、その白猫がまたお隣の豆腐屋の黄猫と一緒に現れ、瓦屋根の上に並んでこっちを見ていた。私はほとんど「母さん」と叫びそうになったが、それが猫だということを思い出して、声は出さなかった。さっき、父さんがスイカを切っているとき、あのセメント屋さんが屋根の雨漏りの修理に来た。父さんは離れの修理を頼んだけれど、まさか母さんがちょうどお風呂に入っていて、離れの屋根からお風呂場が丸見えになるとは思わなかったのだ。私は、母さんが驚いたのは何か大変なことがあったからで、あんな金切り声をあげたのは無理もないと思っていた。ところが、実際はそんなおかしな話だったのだ。弟はわけが分からない様子で、「どうして？　何がおかしいの？」と何度も聞いてくる。私は笑いすぎて言葉にならず、口を手で覆って外に駆け出した。

弟はぷんぷんして、私の後から広間の廊下まで駆けてきて、私を問いただそうとした。私は教えてあげた。「母さんがお風呂に入っているとき、屋上にいたセメント屋さんに見られたのよ」。弟はちょっと考えてから言った。「それで、何がそんなにおかしいの？」私が黙っていると、また聞いてくる。今度は私がぷんぷんして言った。「これがおかしくないの？　根掘り葉掘り聞かないでよ！」弟は言い返した。「ぼくは『根っこを掘る』まで知りたいんだよ。どうしてお風呂に入っているとき、人に見られないようにするの？まさかお風呂に入るのは恥ずかしいことなの？　犯罪なの？」あまりに突飛な質問だったので、私はすぐには答えられなかった。ちょっと考えて、こう答えた。「お風呂では裸ん坊になるでしょう。裸ん坊は恥ずかしいから、お風呂に入るときは人に見られないようにするのよ」。弟はすかさず言った。「まだ『根っこ』を掘りたいんだよ、どうして裸ん坊は恥ずかしいの？　誰でも体があるのにわざわざ布で覆っていて、どうして大っぴらにそれを開いて見せてはいけないの？」それを聞いて、私は腹が立つやらおかしいやらで、言い返すことができなかった。弟はさらに勢いに乗って言った。「華明くんも僕と全く同じ意見なんだ。おととい、二人でヒヨコの池に水浴びを見に行ったら、同じクラスの友達がたくさんいて、みんな裸で走りまわっていたけど、服を着ているときと何も変わらなかったよ。僕と華明くんもすっかり服を脱いで水に飛び込んで、ちっとも恥ずかしいとは思わなかった。後でみんなが裸で草の上で休んでいるとき、華明くんが『裸ん坊行動』を提案して、みんなが拍手して賛成した。それでも、みんなの家の大人たちにきっと駄目だと言われると思って、服を着て家に帰ったんだ。でもね、大人なら絶対に反対するわけじゃないって、ぼくは知っているよ。そうじゃなかったら、父さんの本棚にはどうして、西洋の画家が裸を描いた絵がたくさんあるの？　裸に反対しているのは母さんだけだよ。前にぼくが父さんの本棚にある裸の絵を見ていると、母さんに禁止されちゃったんだ。後で父さんにも、『こういう絵は恥ずかしいから、しまっておいてくださいよ。子供たちが見るといけませんよ』って言うんだよ。ぼくはこっそり変だと思ったんだけど、どうして子供は見てはいけないの？　大人は見ているじゃないか？　大人は見ていいんなら、今日母さんがお風呂に入ってるところも、セメント屋さんに見せればいいじゃないか。つまらないことで騒がなくてもいいのに！」

「バカなこと言わないで！」私は向こうに行こうとして、ぐるっと体の向きを変えながら言った。「おかしなことで私の邪魔をしないで！　口が達者なんだから、父さんのところに行って討論しなさいよ。私は中学の入学試験の勉強があるんだから、付き合ってるひまはないの」。弟はすぐに書斎の父さんのところに駆けていった。私はそこから離れようと思っていたけれど、不思議な力に引き止められて、書斎の外の軒下に残った。ホウセンカの蔓を手入れするふりをしながら、弟と父さんの会話を盗み聞きしようと思ったのだ。なぜなら、さっき私は口では弟を責めたけれど、心の中には同じ疑問があったからだ。去年の夏から、母さんは私に腕を出させず、体を拭くときにはお風呂場の中で拭きなさいと言う。自分でも腕を出したり、人前で体を拭くのは悪いことだと思っている。「裸ん坊は恥ずかしい」ことについては、私もみんなと同じように分かっている。でも「どうして」？　母さんにも父さんにも言われたことがないし、学校でも先生は教えてくれなかった。私も人には聞きにくくて、ずっと「行えども知らず」だったのだ。まったく「行えども知らず」だけれど、疑問はとても単純だ。不思議なのは、画家は恥ずかしいのも気にせず、一糸まとわぬ裸の女性を描いて、みんなに見せていることだ。まさか、人は絵を描くときと見るときは、人ではなくなるのかな？　裸が恥ずかしいなら、画家だって描くべきではない。画家が描いていいなら、裸だって恥ずかしいはずがない。じゃあ、弟が言ったように、「誰でも体があるのにわざわざ布で覆っているのだから、大っぴらに開いて見せてもかまわない」のだ。これは世の中の大きな矛盾だと思った。父さんがこの矛盾をどう説明するか、聞いてみなくちゃ。

ところが、弟の持ち出した二つの疑問——裸はなぜ恥ずかしいのか？　画家はなぜ裸を描くのか？——を聞いたあと、父さんはくすくす笑っていて止まらない。ようやく弟に言った。「きみに一つお話をしてあげよう。むかしむかし、世界に人間はいなかった。天国には全てをつかさどる天の神様と、他のいろいろな神様がいた。天の神様には花園があって、そこには『智慧の実の木』という木が生えていたんだ。神様は花園の番をさせるため、アダムという男の神様と、イブという女の神様を送り込んだ。ただし、その木の実を取って食べてはいけない、と二人に言い聞かせた。神様たちはみんな裸で、きみや華明くんがお風呂に入るときと同じように、ちっとも恥ずかしいと思わず、ただ思いのままに、気持ちよく暮らしていた。アダムとイブも初めて花園にやってきたときには、同じように楽しく過ごしていた。ところが、二人はこっそり『智慧の実』を盗んで、一つずつ食べてしまった。たちまち、目と感覚が前とは違ってしまい、裸でいることが恥ずかしくなったんだ。そこで二人は木の葉でスカートを作り、体を覆った。天の神様はそれを見てカンカンに怒り、二人を天国から追い出して、罰として地上に送り、人間にしてしまった。これが世界で最初の二人の人間、つまり我々みんなの先祖なんだよ。——これはキリスト教の『聖書』の物語で、きみは今きっと信じないだろうけど、もう少しすればこのお話の中の真理が分かるだろう。今のきみや華明くんは、ちょうど智慧の実を食べたことのない神様みたいなものだ。でもあと何年かすれば、きっと食べたくなるよ。きみのお姉ちゃんはもう、少し食べているよ」

父さんはまたくすくす笑い、弟は一言もしゃべらない。私は父さんの最後の言葉を聞いて、思わず顔が赤くなったが、幸い誰も見ている人はいなかった。立ったまま、第二の疑問に対する父さんの説明を聞いた。

「画家は、どうしてみんなが恥ずかしいと思っている裸を描こうとするのか？　それはね、美術は二つに分けられるからだよ。一つは一般的、実用的なもので、もう一つは専門的、学術的なものだ。最初のものは、誰もが理解して使っている美術の常識（例えば衣服、家具、建物などをいかに美しくするか）。次は、専門家の美術研究だ。美術を専門的に研究するには、自然に学ぶ、すなわち天然のものから『美』の材料を探さなくてはならない。山や川、花、木、動物や魚は、みんな天然のもので、美の材料が含まれている。人間は、天然のものの中でいちばん優れていて、含まれている美の材料も多いんだ。だから、専門的に美術を学ぶ人は、人間を――それも、人工的な衣服を取り去った天然の人間の姿を描いて、基本練習をするんだよ。世の中のあらゆる工芸や美術は、みんなこの基本練習を応用したものだ。例えば磁器の形、家具の装飾、図案の模様などは、みんな花や木や、鳥や動物や、人間の体の部分を真似したものだ。だから自然と人の体は、美の材料だと言えるね。ただしこういった材料は、普通の人には理解しにくい。だから裸体画は、専門家たちの間で鑑賞することしかできない。大勢の人に見せるには、実際のところふさわしくないし、いろいろな誤解を引き起こしやすい。なぜなら、普通の人には美術の専門的な教養がないからね。誰にでも美術の教養があるのが普通のことだった古代ギリシアでしか、裸体像の美しさは、一般の人に正しく評価されることはなかったんだよ。

ほら、きみたちが図画を描くときに使う鉛筆の箱には、上半身が裸で腕がない人がプリントされているだろう。これは『ヴィーナス』と言って、古代ギリシアの美と愛の女神像だ。この彫刻はとても優美で、時代も古くて腕も失われているけれど、頭・胸・腹の部分の彫刻の美しさには、後世の人も及ばない。今でも石膏像の模型が作られて、専門的に美術を学ぶ人に、模写のお手本にされているんだよ。だから鉛筆メーカーは、これをマークにしたんだ。こんなふうに、普通の使い方に慣れた目には、裸は恥ずかしいけれど、専門的に学ぶ人の目には、美の材料なんだよ。きみは大人になっていないし、美術を専門に学んでいるわけでもないから、私の話はまだ分からないかもしれない。でも、いつかきっと分かるよ。そのときには、今日母さんが大騒ぎしたことや、この書斎の裸体画への疑問も、すっかり消えてなくなるだろう」。父さんが立ち上がって書斎を出ようとしたので、私は慌ててその場を立ち去った。

『新少年』一九三六年七月二十五日第二巻第二期掲載

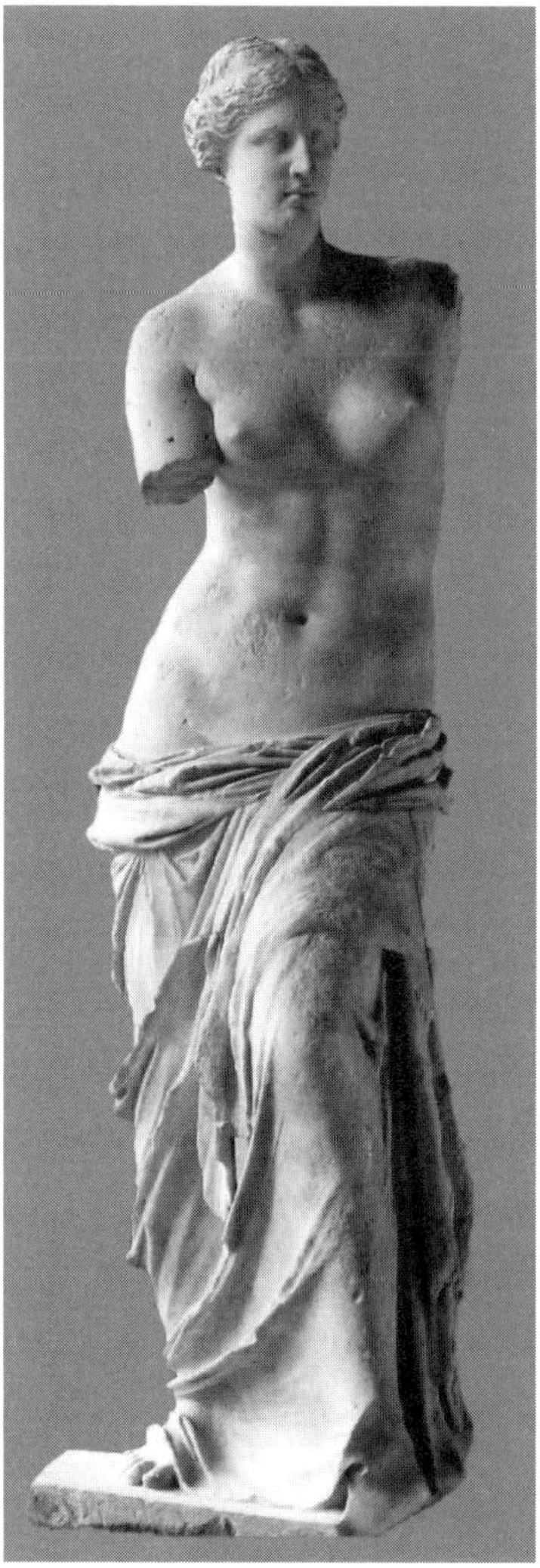

ミロの『ヴィーナス』

溶けた蠟燭

暑い日が五日間も続いた。気温は三十三度以上にもなって、本を読む気に少しもなれず、本当に困ったことだ。今度は大雨が半日も続いて、軒下の雨が窓から入ってきて、私の『中学入試問題集』をすっかり濡らしてしまった。惜しいことをした。ところが臨時の手伝いに来ている阿四《アスー》は、大喜びしてこう言った。「暑かったり、雨が降ったり。神様だってこんなに上手くはできないよ！」そのわけを聞いてみると、じっと空を見つめたままこう答えた。「落ちてくるのはみんな金のかけらだよ！」私には何のことか分からなかった。母さんに聞いてみて、やっと分かった。夏に猛暑と大雨が続くと、田んぼは豊作になるから、農家では大喜びするのだという。もっと早く知っていたら、暑くてもこんなに嫌がらず、あの本がびしょ濡れになっても惜しくなかったのに。濡れた本をかまどの上に置いておくと、晩ご飯の後には、もうすっかり乾いていた。

毎日、暑くて本を読んでいなかった。今日は雨の後、夜には涼しくなったので、私は弟と二人でランプの下で本を読んだ。弟は『続・クオーレ』を読んでいて、羨ましかった。私が読んでいるのはさっきの乾かした本で、ちっとも面白くないからだ。特に、こういう数字ときたら――今、世界の植物は全部で何種類あるのか？　孫中山先生が敷設しようとしている鉄道の長さは何里か？――いったいどうやったら覚えられるのだろう。それなのに、弟はしょっちゅう面白いところを私に話して聞かせようとするのだ。エンリコがどうしたとか、おじさんが何をしたとか。私はこの無味乾燥な試験問題を暗記する気をすっかりなくしてしまった。父さんは前から言っていた。「こういう本には読む価値なんてないよ。これで試験に受かったとしても、飛行機の切符を予約したようなもので、運が良かっただけだよ」。でも先生は私たち生徒が不合格になって、母校の不名誉になるのを恐れ、進学の準備をしている何人かの生徒に一冊ずつ渡し、夏休みの間に勉強するように言った。だから私も、ひとまずこれを読んでいるのだった。でも、いま弟と比べてみると、私のやっている作業のなんと退屈に思えることか！　そこで私は決めた。明日から、父さんの言う通り、小学校で勉強した古い本を復習することにしよう。父さんの話のように、「試験問題を暗記して合格しても、名誉にはならない。学校で習ったことをよく勉強していれば、不合格になっても失敗ではない」のだ。今夜はひんやりと涼しいから、何か別の楽しい作業をしよう。

私が『試験問題集』を放り出し、弟と一緒に『続・クオーレ』を一通り読むと、ランプの灯りが瞬いた。なんともう十一時になろうとしていて、あと五分もすれば、私たちの小さな町の発電機は止まってしまう。でも、二人の興味は、まだ自分たちを眠らせてはくれない。私は急いで蠟燭を取りに行った。探し出した蠟燭を見て、私は笑ってしまった。昼間の暑さで、みんな蠟燭台の上で溶けてぐにゃりと横倒しになり、玉《ぎょく》の腕輪の半分のような形になっていたからだ。手でつまんで、やっと立ち上げることができた。弟は台の下にたまった蠟燭を集めて、粘土のように丸め、麦わらの団扇の上に力をこめて押さえつけた。蠟燭に付いた模様を見ると、大喜びして叫んだ。「わあ、綺麗な図案だね！　彫刻家だってできないよ！」近づいて見てみると、なるほど、とても美しかった。陰刻になった麦わらの編目はくっきりとしていて、もし粘土を押し付けたら、同じ麦わらの団扇の陽刻の浮き彫りができるだろう。私は思いついて、弟に言った。「溶けた蠟燭で、西洋人形の顔を複製しましょうよ。どう？」弟が「どうやって複製するの？」と聞くので、私は答えた。「まず、溶けた蠟燭をお人形の顔に押しつけて、陽刻の型を取るの。固まったら、もう複製できるわよ。出来上がるのはお人形の顔と同じじゃないかしら？」弟もやってみようと言うので、私たちの彫刻作りは、真夜中に始まったのだった。

　まず、溶けて固まった蠟を集めて、握りこぶしの大きさのかたまりを作った。それから、おもちゃの棚から二つの西洋人形を選び出した。一つはまんまるい顔の「阿福《アフー》」、もう一つはとんがった頭で大きな目をした「キューピー」[①]。蠟のかたまりは二等分して、私が一つ、弟がもう一つを捏《こ》ねた。やわらかくなってから、私は阿福の顔を、弟はキューピーの顔を覆った。弟は「息ができないよ！　死んじゃうよ！」と叫びながら、急いで蠟を取りはずした。蠟のかたまりには、もうくっきりとキューピーの顔の形が刻みつけられている。「阿福と比べて、どっちが綺麗かな？」弟は私にも蠟のかたまりを外すように急かした。「ほら、阿福のほうが綺麗よ！」

　「型ができたら、どうやって複製しましょうか？」私が問題を出すと、弟は答えた。「泥を使おうよ。今

注①　キューピー人形。

日、阿四が花壇にたくさん泥を運んでいたよ」。私は言った。「泥じゃ汚いわよ。それに、真夜中に庭に泥を取りに行って、母さんに見つかったら叱られるでしょう。やっぱり蠟燭の蠟で作りましょうよ、綺麗にできるわ」。「蠟と蠟がくっついたらどうするの？　それに、蠟はもうないよ！」と弟。私は答えた。「いい方法があるのよ」。たしか母さんは縫い物をするとき、いつも蠟燭の先を布にこすりつけてから針を刺していた。その蠟燭は母さんの裁縫箱の中にある。私たちはこっそり寝室に行ってその箱を探し、母さんの宝物を盗み出してきた。蠟で作った型は、冷たい水に浸して固めておいた。母さんの蠟燭は二つに切って手でこねて、ぐにゃぐにゃにした。すっかりやわらかくなったら、急いで水の中から型を出して、蠟燭を型の中にはめ込んだ。親指で押し付けて時間をおいて取り出すと、二つの顔はお人形とそっくり、でも羊の脂のように真っ白になり、ますます愛らしかった。弟は「よし！　大成功だ！」と叫んだ。

　この声が、父さんをびっくりさせてしまった。もともと父さんはまだ眠れず、夜の涼しいのを幸いに、書斎で本を読んでいたのだ。このとき、父さんは懐中電灯を持って、私たちの部屋の様子を見に来た。「真夜中に何が大成功なのかね？」弟はあわてて型を隠し、二つの真っ白な人形の顔を父さんに見せて、こう言った。「父さん、ぼくと姉さんは彫刻ができるようになったよ、上手くできたかな？」父さんはしばらく見て、笑いながら言った。「確かにとても上手くできているね。でも、きみたちはどうやって型を取ったんだい？　私の目はごまかせないよ」。そこで、私たちは型とその作り方を白状した。父さんはまた笑って、「上手いやり方を考えたものだね。もし型を使わずに手で作ったんなら、きみたちは二人ともロダン

ロダン『考える人』

みたいな大彫刻家だよ」。私たちは何のことか分からなかったので、父さんに尋ねた。父さんは部屋に戻り、ある彫像を印刷した一枚の紙を持ってきて、私たちに見せながら、こんな話をしてくれた。

「二十年前に亡くなった、フランスの大彫刻家がいてね。名前をロダン（Auguste Rodin、一八四〇－一九一七）という。この『考える人』という名前の裸体像は、彼の傑作なんだよ。ロダンは、近代の世界で最大の彫刻家だ。というのは、それまでの彫刻法には決まった形式があって、ちょうど我々の国の仏像のように、体の各部分の作り方に決まりがあったんだ。だから、出来上がったものは実際の人の体のようでないことが多かった。これを『古典派』というんだよ」。父さんは弟に「このあいだ、きみに見せたギリシア彫刻のヴィーナス像は、古典派のものだよ」と言い、さらに続けた。

「ロダンになると、すべての決まりを捨てて、完全に実際の人の体に基づいて彫刻した。だから、できたものも本当の人体と同じなんだ。彼が始めたこの一派を『写実派』という。彼の写実派の彫刻が初めて展覧会に出品されたとき、フランスの人々は、それが全く最初から彫刻されたものだと信じなかった。生きている人間から型を取って——ちょうど、きみたちが溶けた蠟燭を人形の顔にかぶせて型を取ったみたいにね——複製したに違いないと言ったんだ。フランス政府は、そんなやり方は残酷だからといって、禁止しようとした。ロダンは説明したけれど、信じてもらえなかった。そこでロダンは、『信じないのなら、小さな〈大人〉の像を作ってお目にかけましょう』と言った。しばらくして、彼はいくつもの小型の像を作った——イタリアの大詩人、ダンテ（Dante）の名作『神曲』の『地獄篇』の中の人物たちで、題名を『地獄の門』という——どれも、大きさは一、二尺しかない。ロダンはそれを、批判する人たちに見せてこう言った。『私が人間から型を取ったのなら、この像の型はいったいどこから取ったとおっしゃるのですか？　まさか、私が『小人の国』に行って取ってきたとでも？』ロダンを批判していた人たちは、そこで初めて彼の写実の腕前の見事さを信じた。こうして、誰もがロダンを世界で最大の彫刻家として尊敬するようになり、彼の一派は現代彫刻の模範になったんだ。

きみたち、この図を見てごらん。大きさも、筋肉も、姿勢も、すべて本当の人間と同じだろう。とりわけ姿勢はうまく表現されているよ。この人物がどれだけ真剣に『考えて』いるか。まるで、ある重大な難題を解決しようとして、この場所で血を吐くような苦しみの中で考えて、足の指さえそこで考えているみたいだろう」。父さんがここまで話すと、みんな大笑いした。

その笑い声に、母さんが目を覚まして、隣の部屋から壁越しに叫んだ。「真夜中に眠らないで、何を笑っているの？　父さんもあなたたちと同じで、子供は寝なくちゃいけないって、分かっていないようね！」父さんはぺろりと舌を出して、懐中電灯を持って戻っていった。私たちは、真っ白な人形の像を一つずつ枕もとに置いて、眠りについた。

『新少年』一九三六年八月十日第二巻第三期掲載

新しいクラスメイト

阿四が荷物を担いで前を歩き、私と母さんは後から付いていく。車の停留所に着くと、宋麗金とお父さんが、もうそこで私たちを待っていた。母さんは宋おじさんと話をした。

「宋先生、早いですね！」

「いや、私たちも着いたばかりですよ、柳先生の奥さん。お天気がいいですね」

「まあ、朝方は涼しいですね。うちの逢春がお世話になります。この子の父親が自分で学校まで送るはずだったのですけれど、ラジオの講演の日が決まったもので、変更もできなくて、自分は南京に出かけてしまったんですよ。私も出かけ慣れていませんし、昨日、お宅が麗金ちゃんを町まで送って行かれると聞いて、じゃあ逢春も連れて行っていただこうと思って、阿四に伝えてもらったわけなんですよ。道中ご面倒をおかけして、本当に申し訳ありませんね。これはこの子の学費ですから、一緒にお願いいたします」

「なあに、ついでのことですよ。お気になさらずに。お嬢さんを宿舎まで送って、すっかり落ち着いたら戻ってきますから、ご安心ください。二人は小さい頃から同じ学校の同じクラスで、今度またクラスメイトになるなんて、めったにないことですよ！　うちの麗金は出来が悪くて、逢春さんにお友達になってもらったら、どんなに為になるか！　今年は四百人のうち五十人合格して、逢春ちゃんは一番なんだから、大したものですよ！　麗金はなんとかまぐれで合格したようなものです。これから何かと教えてもらわなくちゃ！」

「そんなことがあるものですか。逢春って子は何ひとつ自分でできなくて、服が汚れても洗いもせず、靴が破れても替えもしない。一日じゅう家にいて、弟と遊んでばかりなんですから、どうして麗金さんみたいな賢い子に敵うものですか！　今度、この子を宿舎にやるのは、本当は気が気ではないんですよ。この子の父親が、逢春には訓練が必要だ、そうでなければ自分の面倒も見られないままだって言うものですから、それもそうだと思って、心を鬼にして手離すわけなんですよ。幸いに麗金さんと一緒で、本当にほっとしましたよ」

「何も心配することはありませんよ。学校では何もかもきちんとされていますし、生徒もたくさんいるんですから、慣れてしまえばみんな友達で、お互いに助け合うんですよ」。宋おじさんがここまで話したとき、車がやってきた。荷物運びの人がひったくるようにして、私と宋麗金の荷物を車の屋根に上げてしまった。私たち三人は中に入り、席に座った。私は窓際の席に座り、母さんは窓の外に立って、こちらの顔を見上げている。阿四は天秤棒にもたれて母さんの後ろに立ち、頭を上げて車をきょろきょろ見回している。母さんは「逢春、学校に着いたら手紙を書くんですよ……」と言うと、喉に何か詰まったように、後が続かなくなった。私も一言「うっ」と答えたきり、急に胸がいっぱいになって、それ以上言えなくなってしまった。宋おじさんは二人の気持ちを見て取って、間に入って母さんに言った。「柳先生の奥さん、また明日！　明日の午前中には様子をお知らせしますから、安心してくださぃ！」母さんが返事をしないうちに、車が動きだした。私は母さんの手から放たれた凧のように、一本の見えない糸に繋がれて、遠いところへ飛び立っていった。

この日は、見るものすべてが新鮮だった。こんなに大きな運動場、広い食堂、きちんと整えられたベッド、それにたくさんの生徒。それを目にしたときには、まったく見知らぬ人のようだった。宋おじさんは本当によくしてくださり、自分でベッドを整え、座席を探してくれた。身の回りが片付くとまた慌しく学校を出ていき、薄荷のビスケットを二袋買ってきて、私と宋麗金に一つずつ持たせてくれた。それから二人にいろいろと注意をすると、帰って行った。私と宋麗金はもともと、それほど親しいわけではないけれど、今はお互いが命綱みたいなものだ。なぜなら、宋おじさんが帰った後、宿舎の入口で葉心兄さんを見かけた他には、二人には誰一人知り合いもなく、まわりはみんな会ったこともない見知らぬ顔ばかりだったからだ。夕方になると、大勢の上級生たちが「ラジオ講座を聞かなくちゃ」と言って、記念講堂の方へ行った。私と宋麗金もついて行った。するとラジオの中から、大きなうなり声がする。「我々の中国の文字というものは、人間の顔と同じでありまして、一つ一つに表情がございます。喜、怒、哀、楽……」。それは大きくて嗄《しわが》れているけれど、聞き慣れた声だ。ふと、これは父さんの講演だということを思い出し、不思議な巡り合わせだとも、懐かしいとも思った。私は心の中でラジオに話しかけた。「父さん、ここで聞いていますよ。このお話はしょっちゅう家で聞いているから、聞き飽きちゃった！」でも、口には出さなかったし、言っても父さんには聞こえない。講演が終わると、夕食だった。食事の後、宋麗金と一緒に少し散歩してから、寝ることにした。この夜は、いろいろな奇妙な夢をたくさん見た。

次の日の午前は始業式で、教科書やいろいろな道具を受け取ったり、時間割をメモしたりした。授業は明日から始まり、今日の午後は何もすることがないので、私は手紙を二通書くことにした。一通は母さんに、別れてからのことを全部報告し、安心するように書いた。もう一通は、弟への長い長い手紙を書いた。

「弟へ。私は学校に着いてから元気にしています。こちらの様子はすべて、母さんに送った手紙を見てください。今は面白かったことについて、お知らせします。昨日の午後、学校で父さんのラジオ講演を聞きました。いつもの調子で、人の顔で文字の雰囲気を例えて、美術の構図を説明していました。この話は聞き慣れているので、そのときは面白いと思わなかったのです。でも、思いがけず今日の午前の始業式で、新入生と上級生が向かい合って対面式をしたとき、何百もの知らない顔が並んでいるのを見ました。四角や丸、長いのや平べったいの、人の悪そうなのや良さそうなの、心配そうなのや嬉しそうなのを。本当に、みんな知らない文字のようで、父さんの話のとおりだとやっと分かったのです。そのとき、数百人の見知らぬ顔をじっくり観察してみて、父さんが前に話していたことも思い出しました。『若い人の目は、頭の中心を通る横線の上にある。子供の目はその線より低く、老人の目はその線より高い』(図を見てください)。やっぱりその法則のとおりです。私たちの学校の生徒はほとんどが若者なので、目はみんな真ん中にあります。数少ない年少の生徒は、目の下の部分が上より狭い。それから、何人か

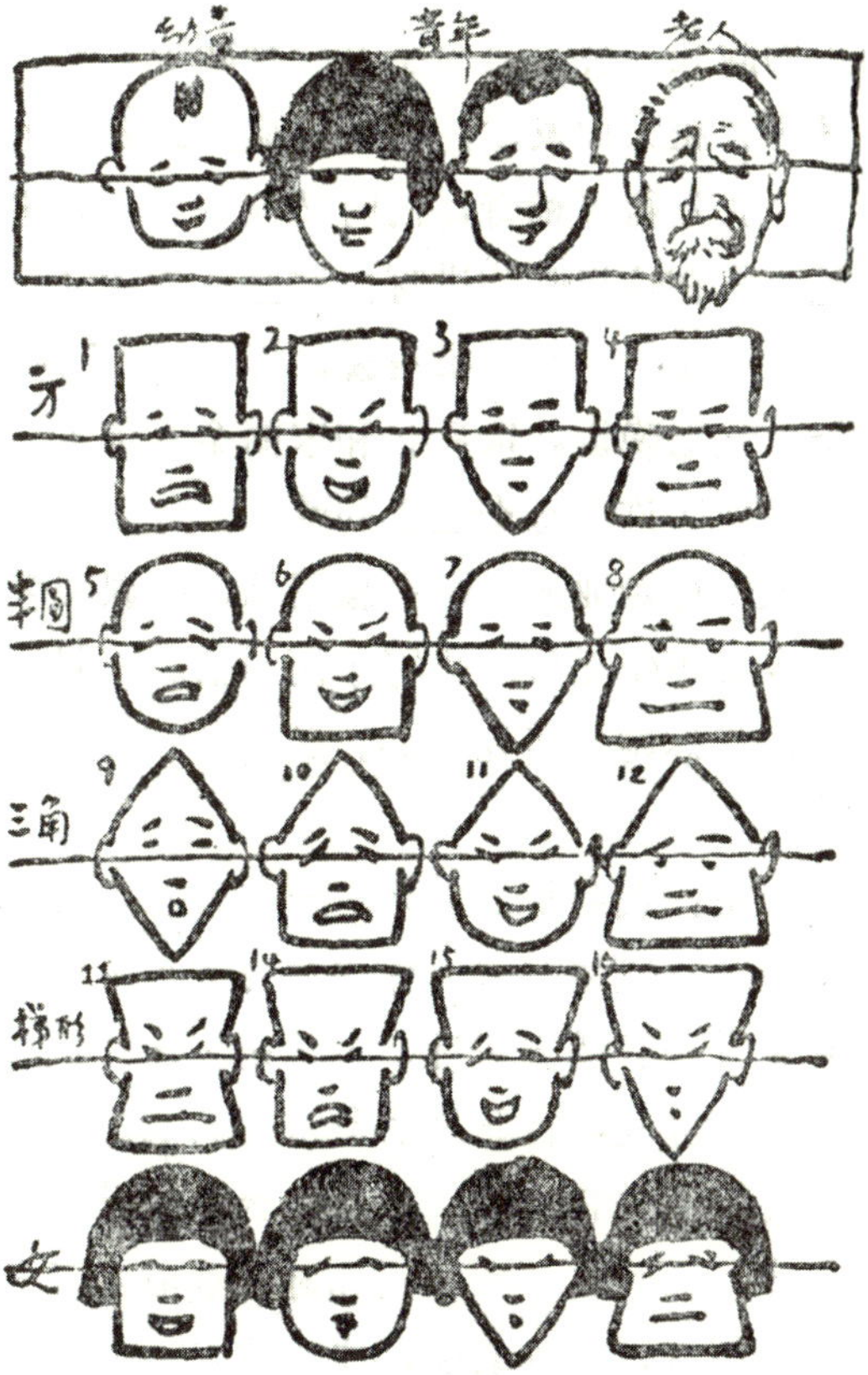

幼者
青年
老人
方
半圓
三角
梯形
女

の年配の先生は反対に、目の下の部分が上よりかなり広い。でも、この法則以外には、目や鼻や口の形と位置の違いはとても複雑で、別の法則を見つけることはできませんでした。ただし、頭の輪郭と形については、一つの目安があることが分かりました。頭は上下二つの部分でできていて、目の高さの線で分かれます。上の部分の形は四種類、下の部分の形も四種類あり、それぞれ半円形、長方形、三角形、台形があります。四つの形はお互いに組み合わさって、四かける四で十六通りの頭の形があります。ただし、これは男子に限ります。女子の場合は、上に厚い髪の毛があって、みんな半円形で大きな違いはなく、四通りしかありません（図を見てください）。学校に行ったら、私のこの法則が合っているかどうか、友達の頭を気をつけて見てみるといいでしょう。でも私の経験から言うと、見慣れた人の顔の特徴は、よく分からないものです。さっきの私の見方は、みんな新しい学校の知らない生徒についてなので、特徴が分かりやすかったのです。でも、もし全く知らない生徒だと思って友達を観察すれば、難しくないでしょう。父さんのラジオ講演の中で、面白かった話を紹介しましょう。

むかし、二人の人が役人に会いに行きました。役人のお付きの人は文字で人の顔を例えるのが上手で、まず役人にこう伝えました。一人の顔は『西』のよう、もう一人の顔は『舊』のようだと。この二人がやって来ると、役人は大笑いしたので、二人は何のことか、さっぱり分かりませんでした。実は、一人の頭の形は真ん中が広く（図の九番目よりもっと扁平）、にこにこしていて、『西』という字にそっくりでした。もう一人の頭の形は長方形で（図の一番目よりもっと長い）、歯をむき出しにして、顔じゅう皺だらけだったので、『舊』という字にそっくりでした。
文字で人の顔を例えるのは、確かに面白いです。今日の午前、こんどの学校の校長先生の顔を見ると、目はくぼんで一本の線のようになり、鼻はまっすぐで、顔の右側に一本の深い皺があって、平らな口と繋がっています。その顔は、ちょうど明朝体の『置』という字のようでした。それに生徒指導の先生は、目が垂れて鼻がとても大きく、遠くから見ると目と鼻しか見えず、まるで『公』という字のようです。いつか、もし先生たちの写真があったら、きっと送ってあげましょう。これから、何か面白いことがあったら、私にも手紙をください。姉の逢春より、八月二十六日、午後五時」

『新少年』一九三六年八月二十五日第二巻第四期掲載

葡萄

お昼ご飯の後、弟の手紙を受け取った。封を切ろうとしていると、授業が始まるベルが鳴ったので、その手紙を持ったまま数学の授業に行った。先生によると、もっと面白くするために、教科書の内容のほかにガリ版刷りの問題を四つ出すとのこと。今日は何人かの生徒を指して、黒板に書いて解かせていた。私はこういう問題はとっくにやっていたので、ほかの子がチョークの粉にまみれて解いているのを、座って見ているのは耐えられなかった。ごめんなさい、ちょっと校則違反をしました。弟の手紙の封をこっそり切ると、それを数学の教科書に挟んだ。それから教科書を机の上に立てて、落ち着きはらって手紙を読んだ。こう書いてある。

「逢春姉さんへ。姉さんが家を離れてから、もう半月がたちました。でも、家では一日も姉さんの名前を聞かない日はありません。母さんはご飯ができて運んでくると、書斎に向かって『逢春のお父さん！ご飯ですよ！』と叫びます。父さんはお便所から出てこられないとき、声を張り上げて『逢春のお母さん！　ちり紙を持ってきてくれ！』と言います。昨日の日曜の午後、三舅媽《サンジウマー》①がやってきたとき、ちょうど母さんは仕立屋に行っていたので、父さんがおしゃべりをしました。逢春のお母さんがどうとか、逢

注①　おばさん。「母の上から三番目の兄弟の妻」の意。

春のお母さんがこうとか、ぼくは聞いていて笑ってしまいました。後で母さんが戻ってきて、三舅媽とおしゃべりをすると、また逢春のお父さんがどうとか、逢春のお父さんがこうとか。ぼくは何だか我慢できなくなって言いました。『母さん。父さんを呼ぶとき、どうしていつも姉さんの名前を最初にくっつけるの？』母さんは笑って言い返しました。『あなたの名前をつければいいのかしら？　残念だけど、あなたは来るのがちょっと遅かったのよ！』」

これを読んで、私は教室にいるのも忘れて、一人で吹き出してしまった。幸い、先生は「亀は四本足、鶴は二本足……」と説明するのに一生懸命で、私の笑い声に気が付かなかった。私は先を読んだ。

「中庭の葡萄は、姉さんが出かけたときにはまだ熟していなかったけれど、今はもう大きく、甘くなりました。青いのもまだ多くて、見上げると一つずつ繋がった緑色の宝石のようです。毎日、学校から帰ると、自分で梯子で登り、ひと房摘んで食べます。一人で食べていても、どうして間に合うでしょう？うちから大きな籠でおばあちゃんの家にあげて、小さな籠で華明くんの家と、宋おじさんの家にもあげました。阿四も自分でひと籠摘んで、子供に食べさせました。郵便屋さんが来ると、父さんは登って摘むように言いました。郵便屋さんの緑色の制服が葡萄棚の下にもぐりこみ、ふいに見えなくなったかと思うと、空中から笑い声だけが聞こえました。母さんは、手紙で姉さんにおかしなことを書かないようにと言います。学校で家のことを思い出して、勉強に集中できなくなると困るから、というのです。でも、姉さんはそんなことにはならないって、分かっていますよ。だって、前によく言っていたでしょう、『遊ぶべきときに遊ぶのは楽しい、遊んではいけないときに遊ぶのは辛い』って。それに、姉さんは学校の宿舎に住んでいるのだから、きっと学校生活の楽しみがあるはずでしょう。ぼくは家の毎日の楽しい出来事を伝え、姉さんは学校の毎日の楽しい出来事を伝え、お互いにやり取りしたら、面白くないはずがないですね。宋《ソン》慧《フィ》民《ミン》が言っていましたが、宋おじさんが近いうちに町に行って、姉さんの学校の宋麗金に会うそうです。今日の午後、ぼくはいちばん大きな葡萄を三房摘みました。『雪茄煙』の葉巻タバコの箱に入れて、宋慧民に頼んで宋おじさんに持って行ってもらいますね。おじさんが出かける日ははっきりしないけれど、姉さんがこの手紙を受け取ったら、間もなくうちの葡萄を食べられるかもしれませんよ。体に気をつけて、勉強が順調にいきますように。弟の如金より。九月十四日、夜八時」

手紙を隠れて読み終わると、教室ではまだ黒板のところで「亀は四本足、鶴は二本足」とやっているところで、問題は解けそうにない。ようやく授業の終わりのベルが鳴った。自習室に戻ると、机の上に「雪茄煙」の箱が一つと紙包みが一つあり、側には宋おじさんの名刺が置いてあった。名刺の裏には、鉛筆でこう書かれている。「来たらちょうど授業中でした。弟さんから食べ物を一箱預かったので、お受け取りください。もう一つの食べ物は、お手数ですがうちの娘にお渡しください。明日の午後また来ます。逢春さんへ」。私は急いで名刺を宋麗金に見せた。二人で喜んで食べ物の包みを開けてみると、私のは葡萄、宋麗金のはビーフンのラード炒めだった。私は葡萄を宋麗金に分けてあげ、宋麗金もビーフン炒めを分け

注② 鶴亀算。連立方程式を使う初歩的な演習問題。

てくれた。葉心兄さんにもあげたかったけれど、私たちの学校の習慣では、男女の生徒は遠く隔たっていて、お互いに行き来しないばかりでなく、校舎の中で会っても一言も話をしない。しかも兄さんは二年生だから、私とは校舎も違う。だから、今では同じ学校の生徒とはいっても、前より却って疎遠になってしまった。葡萄も分けてあげるわけにはいかない。授業が終わると私は葡萄を食べながら、家のことを考え、弟の優しさを嬉しく思った。そこでペンを取ると、こういう返事を書いた。

「弟へ。あなたの手紙を受け取って一時間後に、もう宋おじさんが葡萄を持ってきてくれました。本当にありがとう。あなたが本物の葡萄を一箱送ってくれたから、私は葡萄の絵を一枚お送りします。先週、ここの図画の先生が、葡萄の絵の模写を教えてくれました。これは私が中学に入ってから、初めての図画の成果です。この手紙と同封して送るので、記念に持っておいてください。先生がおっしゃるには、絵を学ぶには写生を主にしなくてはならないけれど、他の人の作品を模写すると、筆のタッチも学べるそうです。だから、ときどき何回か絵の模写をするのも、必要なことだそうです。私は、これは正しいと思います。この絵のタッチは複雑ではないけれど、葡萄の特徴がよく表れています。それから、葡萄についてのお話を一つ教えてあげましょう。おととい、私はここの図書館で豊子愷の『芸術趣味』という本を借りて読みました。中にこんな一節があります。

むかし、ギリシアに二人の画家がいました。一人はゼウクシス（Zeuxis）、もう一人はパラシオス（Parrhasius）といい、どちらも紀元前の人です。彼らの作品は残っていませんが、ある物語が後世に伝わっています。二人の画家の絵はどちらも素晴らしく、ギリシアで名声を轟かせる二大画家でした。ある日、二人はそれぞれ自分の傑作を出し合って、アテネ市民の前で腕比べをすることにしました。町じゅうの美術の愛好家が、大画家の腕比べを見るためにやって来ました。ゼウクシスだけが先に舞台に上り、手に抱えている一枚の絵は、布で覆われていました。彼は観客の前で布をめくり、絵を取り出しました。描かれているのは一人の子供で、頭の上に葡萄の籠をのせて、野原に立っています。その子供はまるで生きているようで、瞳は今にも動き出しそうでした。しかし、上に描かれている葡萄はもっと素晴らしく、日の光の下で見ると、一粒一粒が空に舞いあがり、果汁が滴りそうなほどです。観客が拍手喝采を送っている最中に、突然、二羽の鳥が舞い降りました。絵の中の葡萄を何度か啄むと、また飛び去ってしまいました。その葡萄があまりにも本物そっくりに描かれていたので、なんと空の鳥も本当の葡萄だと騙され、ついばみに舞い降りてきたのです。そこで、観客はいっそう激しい拍手と喝采を送りました。

ゼウクシスの絵は観客の絶賛を浴び、彼は得意満面で舞台を降り、パラシオスに向かって、舞台に上って絵を見せるように言いました。観客は心の中で思っていました。パラシオスはきっとゼウクシスに敵わないだろう、あの葡萄よりもっと本物そっくりな絵なんてあるだろうか？　パラシオスが布に覆われた絵を持って、ゆっくりと舞台に上がってくると、観客は彼のために心配しました。ところが、パラシオスはにっこり笑って舞台に上がると、絵を壁に立てかけ、観客をゆったりと眺めたのです。観客は早く絵を見たくて、拍手をして声を揃えて叫びました。『早く覆いを取れ！』パラシオスは手を腰に当てたまま、覆いをめくるでもなく、やはりにっこりと笑って観客を眺めています。観客は耐え切れなくなって、みんな立ち上がって狂ったように叫びました。『画家！　早く覆いを取って、お前の傑作を出してあいつと勝負しろ！』パラシオスは自分の絵を指して言いました。『私の絵に覆いはありませんよ。とっくに諸君の目の前にあります。見てごらんなさい！』観客は目を凝らして見て、ようやく分かりました。彼が描いたのは一つの包みだったのです。彼が持ってきたのはまさしく自分の作品であり、別に布で覆われているわけではありません。絵があまりにも実物そっくりなので、無数の観客の目はことごとく騙され、本物の包みだと思ったのです。そこで、人々はパラシオスの技術に感服し、こう言いました。ゼウクシスは鳥しか騙すことができなかったが、パラシオスはなんと人間を騙したのだ、と。

弟へ。このお話を聞いて、どう思いましたか？　きっと、あなたには大いに意見があるだろうと思います。次の手紙に、あなたの感想を書いて教えてください。姉の逢春より。九月十六日、午後五時」

『新少年』一九三六年九月十日第二巻第五期掲載

展覧会

「双十節」①には朝から集会があり、校長先生のお話があった。だいたいこんなお話だった。「国の繁栄は明るい月光のよう、国の苦難は黒い雲のようなものだ。月を明るく輝かせるためには、黒雲をなくさなければならない」。私はこれを聞いて、嬉しくもあり、怖くもあった。集会が終わると、男子生徒のなかでいちばんおしゃべりな馮士英《フォンシーイン》が、みんなに言った。「今日、僕たちはこうでなくちゃ」。言いながらおどけた顔をして、上半分は眉をしかめ、下半分は口を開けて笑って、そのおかしなことといったら。もう一人の李成《リーチョン》という生徒が続けて言った。「違う、今日僕たちはこうでなくちゃ」。やはりおどけた顔をして、上はにこにこ、下は唇を突き出して、もっとみっともない。それで、大勢の生徒が大笑いした。私たちは、こんなふうに笑ってはいけない。でも、この二人の友達のおどけた顔は、今日の私たちの心をよく表していた。

掲示板のところを通りかかると、国の祝日のため休日とするという掲示の隣に、展覧会のお知らせが貼り出されていた。上には「文美社第一回展覧会」という九つの大きな文字があり、下には「日時：双十節より三日間。毎日午前九時より午後五時まで。場所：民衆教育館二階」と書かれている。最後には「入場

注①　十月十日。中華民国の建国記念日。

無料、参観歓迎」の八文字もある。宋麗金が私に言った。「展覧会を見に行きましょうよ！」私も答えた。「そうね、秦《チン》先生を誘って行くのが一番ね。絵の見方を教えてもらってもいいわね。先生が承知してくださるかどうか分からないけど」。宋麗金は小学校のとき、私とそれほど親しくなかったし、美術が好きでもなかった。中学に入ってから、二人は同郷で、小学校の同級生でもあり、しかも入学したての頃にはまわりは知らない人ばかりで、お互いを命綱のようにしていたので、急に仲良しになったのだった。こうして、私たち二人の趣味も、お互いに似通ってきた。私は着るものに気をつかわず、彼女はきちんと整えるのが好きだったが、今では私も彼女を見習うようになった。彼女は絵の描き方が分からず、私は美術のことをあれこれ考えるのが好きだったが、今では彼女も私と同じようになった。このとき、宋麗金は私が秦先生を誘って行こうと言うのを聞くと、とても喜んで、私の手を引いてテニスコートを抜け、教師用宿舎に入って秦先生を迎えに行った。

秦先生は黒で統一した服を着て、白い帽子をかぶり、手には黒い小さな皮のハンドバッグを持って、ちょうど出かけようとしているところだった。私たちがやって来るのを見ると、立ち止まった。私は言った。「秦先生、どちらへ？」先生は「展覧会に行きたいのだけど、連れがいないのよ。一緒に行きますか？」と答えた。私と宋麗金は驚いて同時に声を上げ、秦先生はびっくりして後ずさり、慌ててたずねた。「あら、どうしたの？」そこで私は先生に、二人はもともと先生を誘って行こうと思っていて、偶然にお互いの気持ちが通じたので、驚きのあまり大声を出してしまったのだと教えてあげた。先生も笑い出し、二人を連れて一緒に出発した。この日は空が抜けるように高く、赤地に晴天白日をあしらった国旗が秋晴れの強い日差しにはためき、その色はいかにも鮮やかで、その様子はいかにも勇ましかった。

展覧会場の前には、一枚の長い白布が掛かっていて、「文美社第一回展覧会」という九つの飾り文字が書かれていた。

三人は入口を抜けると、それぞれ来観者名簿にサインし、作品目録を手に取ると、二階の会場に向かった。二階の陳列は二部に分かれていて、第一部は中国画、第二部は西洋画だった。私たちはまず中国画の部を見た。部屋に入ると、四方の壁には「中堂」「立幅」「屏条」②がところ狭しと並び、どこから見ればいいか分からない。秦先生は目録に沿って一つひとつ順番に見ていったので、二人もそれにならった。先生は大きな作品の前に来るたびに、必ず何歩か後ずさった。二人も同じように後ずさったが、どうしてこうするのか分からないので、顔を見合わせて笑った。後になって、はっと気が付いた。画面が大きいものは、ある程度の距離を取らないと、全体が見えないのだ。もし近過ぎれば絵の一部しか見えず、鑑賞することはできない。私がこっそりとこの理由を宋麗金に教えると、思いがけず先生にも聞こえていて、こう教えてくれた。「絵を見る時には、視界の六十度以内で絵を捉えなければ、絵の全体が同時に見えず、絵の表情を読み取ることができないのですよ。だから、小さな絵なら近付いて見てもいいし、大きな絵なら遠ざかっ

注② 「中堂」は部屋の中央に飾る大きな書画。「立幅」は中堂より小さめの細長い書画。「屏条」は縦に細長く書かれた書画で、四～八幅を組み合わせる。

て見なければ」。このとき、ちょうどまた大きな絵の前に来た。宋麗金はあわてて後ずさり、動作が早すぎて、思わず後ろにいたおじいさんの足を踏み、背中もぶつかってしまった。おじいさんは声を上げた。宋麗金は顔を赤くして謝り、私と先生も笑い、おじいさんも笑った。

中国画の部は作品は多いけれど、私には画法がどれも似たり寄ったりで、いくつかの山水画はみんな紋切り型で、何の特色もないように思えた。だから、見終わらないうちに二人は飽きてしまった。宋麗金は何人かの女性のお客さんの服装を観察し、もう心は絵から離れていた。ようやく秦先生が中国画を見終わり、二人は先生について西洋画の部に入っていった。

この部では、様子は前と違ってかなり複雑だった。油絵、水彩画、木炭画、木版画があり、「中堂」より大きなものもあれば、扇の面より小さなものもある。様式も様々で、その鮮やかさに目を奪われた。二人は秦先生の後について一つずつ鑑賞し、中国画よりもずっと興味を覚えた。秦先生も、よく私たちに説明してくれた。「この絵は印象派ね」「この絵は想像で描いたものね」「この絵は木版に彫って印刷したものよ」。……そして、こっそり教えてくれた。どの絵が良くて、どの絵が悪く、どこが良く、どこが悪いか。私は聞きながら興味津々だったが、宋麗金はせっかちで、いつもじっと聞いているのに我慢できず、先へ行ってしまった。突然、彼女はびっくりした声を出して戻ってきて、先生に言った。「あそこにある絵は怖いんですよ、驚きました！」秦先生と私も彼女の後について見に行ってみると、確かに怖くもあり、おかしくもあった。それは大きな油絵だった。絵の右側には緑色の人の顔の半分があり、左側には牛の頭が

シャガール　『私と村』

描かれ、牛の顔の上には一頭の小さな母牛がいて、その隣に女の人が座り、牛の乳を搾っている。絵の上のほうにはたくさんの家があって、逆さまの家や、屋根が地面から生えている家もある。ある家の中には大きな人の顔が描かれている。家の前には男の人と女の人がいて、男の人は歩き、女の人は逆さまに立っている。絵の下のほうには手の半分が描かれ、人差指の上に薬指が重なり、人差指と親指はおかしな果物の枝をつまんでいる。そのほかにいろいろな奇妙な形のものがあって、総じて、絵全体が変てこで風変わりで、あべこべに乱れ、まるでいたずらっ子の仕業《しわざ》のようで、なぜこの展覧会に陳列されているのか、分からなかった。私と宋麗金は口々に秦先生に質問し、じっと先生の答えを待った。でも、先生は笑っているだけで答えてくれない。後でこう教えてくれた。「これは新しい流派の絵で、もともとおかしな画法だから、みんな理解できなかったのよ」。宋麗金はますます不思議がって、聞き返した。「みんなが理解できないのに、ここに並べてどうするのですか?」秦先生は「後でお二人に教えてあげますね」と言い、展覧会場を出て歩きながら、二人にこんな話をしてくれた。

「これはあるロシア人画家の絵で、その人の名前はシャガール（Marc Chagall、一八九〇[3]—一九八五）といって、今その人は四、五十歳の中年の人よ。彼の絵の流派は『表現派』といって、最近の西洋の新しい流派の絵の中でいちばん有名な一派なの。この絵は表現派の中の名作だから、中国人は模写をして展覧会で見せて、世の中にはこんな絵もあることを、みんなに知らせようとしたのね。でも、理解できる人はほとんどいないわ。私も分からない。なぜなら、彼らが描いたのはみんな自分の心の中で感じたことや、心の中で見た幻想だからよ。彼らの主張によれば、絵を描くときには自分を取り巻く世界の姿を描く必要はなく、私たちが何かを見たときに、心の中で起こった感覚を描くべきだというのよ。この画家は自分の住んでいる村を眺めて、目では外界の姿を捉えながら、同時に心の中では人や、家や、果物や、いろいろなものが浮かんだのね。彼は外界の姿と心の中で感じたことを一緒に絵に描いて、まさに今見たばかりのような様子にした。これを『表現派』と言うの。このほかにも変わった絵の流派があって、過去と現在と未来を一度に描くものもある。例えば一頭の馬なら、数十本の足を描く。ピアノを弾いている人なら、何本もの手を描く。これは『未来派』というの。ものの形をいろいろな幾何学的な形にして組み合わせ、人が見ても何が描かれているのか分からないものもある。これは『立体派』というの。でもこういう絵にはみんな、ごく少数の人しか賛成していないし、私たちから見ても、遊びのようにしか見えない。二十年くらい前に、こういう絵はヨーロッパ各国でかなり流行したの。でも今では誰も広めようとする人はいない。この展覧会を開いた人は、この絵を会場に並べて、西洋ではかつてこんなおかしな絵があったことを、私たちに知らせようとしたのね。その考えはいいのよ」。私たちは秦先生の話を聞きながら歩いているうちに、いつの間にか学校の入口に着いた。赤地に青天白日の国旗が秋の強い日差しにはためくのを見て、私の心は、また新流派の絵から双十節に戻ってきた。

注③　生年は一八八七年。

『新少年』一九三六年十月十日第二巻第七期掲載

落葉

中秋節[1]を過ぎるとだんだん涼しくなり、人の体も元気になってきた。私の食欲も以前より増した。前はお茶碗に一杯半しかご飯を食べられなかったが、今では二杯半食べる。勉強も前よりがんばっている。以前には昼食後の一時間目には居眠りをせずにいられなかったが、今では一日中授業を受けてもまだ元気がある。特に今日は土曜日で、空高く空気は爽やかで、心身ともに気持ちがいい。四時に授業が終わると、私は二階の自習室に戻り、本を机の上に投げ出して、窓の前にしばらく立った。ふと見ると、止まることなく姿を変える白い雲に、どこまでも深く澄んだ青空が映えて、果てしなく広がっている。私は自分が学校にいることも忘れ、目の前に見ているのが何なのかも忘れた。長い時間が経って、これを「空」というのだと思い出した。でも、どうして「空」というのだろう？　これは明らかに昔の人が勝手に作った名前だ。私はずっとそれを信じていて、確かに「空」というのだと思って疑わなかった。今日、よく見てみると、これは何と神秘的な現象なのだろう！　「空」という一文字で言い表してしまうことなんかできない。

白昼夢にふけっていると、急に下から聞き慣れた声が聞こえた。「柳逢春さん、家からお手紙よ！　弟さんからよ！」

注① 旧暦の八月十五日。

下を見ると、それは宋麗金と呉文英《ウーウェンイン》で、手にはそれぞれ写生帳を持って並んで歩きながら、上を見上げて私をからかっているのだ。私も笑って答えた。「何と二人の女性画家でしたか！　今日は何枚お描きになりましたか？　お二人の『大作』を『拝観』してもよろしいですか？」

「『大作』なんて美術家の娘さんでないと描けませんよ。私たちにできるものですか？　窓に寄りかかって何をぼうっとしているの？　それより sketch book を持って、私たちと一緒に写生に行きましょうよ！」

「sketch book」とは写生帳のことで、この名刺はとても耳に親しく感じる。まず、学んだばかりの英語で、実際に使ってみると特別に新鮮だから。それに、秦先生が私たちに自分の写生帳を作って練習するように教えてくれたので、ちょうど今、面白くてたまらないところなのだ。そこで私は身を翻して、引き出しから sketch book を取り出して、階段を一段とばしに駆け下りて、彼女たちの写生グループに加わった。

宋麗金はもともと絵が好きではなかった。でも中学校に入ってから、私とは同郷でもあり、小学校の同級生でもあり、それに入学したての頃には周りは知らない人ばかりで、お互いを命綱のようにしていたので、私の影響を受けて、今では私よりずっと絵が好きになった。自習室長の呉文英はといえば、もともとどんな教科も同じように好きな優等生だったが、最近では、雑誌『中学生』で豊子愷先生のラジオ講演原稿の「絵画と人生」を読んで、いたく感動していた。いつか私に言ったことがある。「『美術は精神の糧である』って、本当のことね！　いつも自習室の床に落花生の殻やバナナの皮が散らばっているのを見るたびに、晩ご飯を抜かすより辛いと思うの。学校の友達が汚れた服を着ているのを見るたびに、果物の種を飲み込むより辛いと思うのよ。なんと、それを見たこの目のせいだったのね。あなたみたいに芸術家の娘だったら、どんなに幸せなことか！　あなたは美術が好きだから、精神の糧には飢えたことがないでしょうね。これから私もこの面の栄養をおろそかにしないようにしなきゃ」。それからというもの、彼女はいつも図書館で美術の本を借りて読んだり、秦先生と親しくしたりして、私や宋麗金とも仲良しになった。先週、秦先生は私たちに、それぞれ自分の写生帳を作るようにと言って、作り方を教えてくれた。次の日、呉文英はみんなで協力することを決めた。写生帳を作りたい人は、誰でも彼女のところに来てサインすれば、彼女が表紙の布、紙、綴じ糸、鉛筆を買いに行くことにしたのだ。そうして三十人以上がめいめい参加し、一人ずつ写生帳を手にした。その中でも宋麗金、呉文英の二人は特に熱心だった。毎日の放課後や眠る前には、いつも余った時間を使って、人間の姿の写生を練習した。座ったもの、立ったもの、眠っているもの、遊んでいるもの、運動しているもの、仕事しているもの、なんでも描いた。でも、学校の中の風景だけでは、やっぱり単調だ。今日は土曜日なので、二人は何か目新しい題材を見つけようとして、待ち合わせて写生に出かけることにしたのだ。私も、もちろん心から喜んで参加した。

三人は郊外の森まで歩いてやって来た。森の外側はだだっ広い田んぼで、黄金色の稲が重そうに穂を垂れ、農家の人の収穫を待っていた。涼しい風が起こると、香ばしい新米の匂いが漂ってくる。森の中には小さな村落があった。村の何人かの女の人が、竹の熊手や箒を持って森の中に入ってきて、みんなで落葉を掃いている。彼女たちの服装はそれぞれ違い、その姿勢もいろいろに変化した。これはうってつけの写生の題材だ。私はさっと大きな木の後ろに隠れ、写生帳を開き、写生を始めた。宋麗金は土を盛り上げたお墓の後ろにまわり、地面に座って写生をした。呉文英のやり方はいちばん上手だった。特に隠れるわけでもなく、まっすぐ女の人たちの方を向いて立ち、ただし時々田んぼの方を眺めて、風景を描いているように見せかけた。村の女性たちは初めのうち全く気にせず、落葉を掃くことに一生懸命で、私たちのために様々なポーズを見せてくれた。後になって、その中の一人が呉文英のマジックを見破り、急に仲間にこう言った。「あの子たちは、あたしたちを描いてるよ！」たちまち、みんな竹の熊手や箒を放り出し、こちらに駆け寄ってきた。私と宋麗金は、すぐにsketch bookを袋にしまった。呉文英は落ち着きはらって彼女たちに挨拶すると、最初にやってきた村の女性と話しはじめた。

「みなさんが掃いたこの葉っぱは、持って帰ってどうするのですか？」

「炊事に使うんだよ。あんた方は、この絵を描いてどうするの？」

「持って帰って見るんですよ。みなさんが掃いている落葉は、とても綺麗ですね」。呉文英がそう言いながらsketch bookを開くと、女性たちは集まってきて覗き込んだ。「目も鼻もないじゃないか！」と笑ったり、「おやおや！　一本の熊手に三本の歯しかないよ！」と驚いたり。それから、若い娘がひとつの写生を指差して声を上げた。「これは三姑娘《サングーニャン》②だね、スカートをはいてるよ！」そして真面目に呉文英にこう言った。「髪には花飾りもつけなきゃ。新婚なんだから！」そこでみんなが笑って三姑娘を見たので、彼女は赤くなって下を向いてしまった。そして急に手を伸ばすと、さっきの若い娘の背中を叩いた。若い娘は逃げ出し、三姑娘は追いかけ、土まんじゅうのお墓のところまで来ると、二人一緒に地面に倒れ込んでしまった。みんなは手を叩いて大笑いした。この新婚の娘さんを見ると、年のころは呉文英より若く、背丈は宋麗金より低く、ケンカしているときの様子は全く子供のようだった。私は内心、驚いた。それからいちばん年上の女性が二人を引き離し、みんなでおしゃべりしながら改めて作業を始めた。私たち三人もそれぞれ写生帳をしまって、話しながらゆっくり学校へ戻った。

夜、三人で秦先生の部屋へ行き、昼間の写生帳を先生に見せ、意見を聞いた。でも、まず新婚の娘さんのケンカのことを先生に話してあげた。先生も楽しそうに笑い、私たちに言った。「ここの村の人たちはだいたい事情が分かっていて、あなたがたの写生を邪魔したんじゃないのよ。前に一度、山里の子供をsketch（写生）したとき、その子の母親が急いでやってきて、どうしても私の描いた絵を引き裂こうとするの。私がその絵を西洋の悪人に売って、子供の魂を抜かせてしまうんだって言ってね。あれこれ説明したけれど、どうしても信じてもらえなくて、とうとうその絵は引き裂かれて、私も彼女にひどく罵られたっていうわけ。本当に、おかしいやら腹が立つやら！」私たち三人も気の毒がった。先生は続けた。「これも全て、わが国の教育が普及していないせいよ。その人たちは教育を受けていないから、絵画がどういうものかも知らないの。中国全体でsketchという名詞を知っている人は、おそらく一万分の一もいないでしょうね！」みんながため息をついた。秦先生はそれぞれの写生に意見を言い、適切な修正をしてくださっ

注② 「三番目の娘さん」の意味。

た。私のも何枚かあり、自分でも満足していなかったが、悪いのはどこか分からなかった。秦先生がほんの少し線を足したり引いたりするのを見て、突然コツがわかった。心から感服した。大事なのは線を簡略にする省略の方法で、その取捨選択は一筋縄ではいかない。全体に影響しない線は省き、逆に重要な線は省いてはいけない。もし重要でない線を整理しなければ、その絵は乱雑になる。もし肝心な線が欠けてしまえば、その絵は不完全になる。乱雑さと不完全さとは、どちらも簡単に理解することはできない。最後に、秦先生は本棚から一枚の絵を探して、私たちにお手本として見せてくれた。「これは十九世紀のフランスの大画家のミレー（Millet）の万年筆の sketch で、一人の女性が落葉や枯草を集めて、野原で焼いているところよ。モチーフは今日のあなた方の sketch と似ているから、参考にするといいわ。ほら、このタッチの、なんて可不足がないことか！　複雑なところは念入りに細かく、単純なところは思い切って簡略に。あなた方はまだ初心者だから、何度か模写して、そのタッチを学ぶといいわ」

私たち三人は写生帳にミレーの sketch を模写し、それぞれ秦先生から一冊ずつ画集を借りて帰った。それからというもの、私の線描画への興味はますますふくらんだ。

『新少年』一九三六年十月二十五日第二巻第八期掲載

ミレー『草を焼く農婦』

二人の釣り人

土曜日の夜には、女子生徒四、五人がそれぞれ食べものを持って、秦先生の部屋におしゃべりに行く。落花生、栗、文旦、瓜などを先生が絵を描くテーブルにいっぱいに並べて、先生の水彩画の道具は片隅に寄せる。秦先生はそれを見て、笑いながら言った。「あなた方はまたpicnic（ピクニック）に来たのね。この部屋も野原のようだわ」。宋麗金が続けて言った。「野原じゃなくて、美しい花園ですよ。ほら、なんて上手に、美しく飾られているんでしょう。本当の花園よりもっと芸術的ですよ！」秦先生も楽しそうに言った。「じゃあ、私は花園の主人ね。主人はお客様のおもてなしをしなくちゃ。ご馳走になってばかりじゃよくないわね」。そうしてタンスの扉を開けて、胡桃の砂糖菓子を一箱取り出した。「これはうちの母の手作りなのよ、今日送ってきたばかりなの。みなさんも召し上がれ。新しい胡桃で作ったのよ」。先生は椅子に座り、私たちはテーブルの周りに座った。

電灯の光が、みんなの心を一つに包み込んだ。みんなは話し、笑い、食べた。本当にこれが弟が言うような「学校生活の楽しみ」というものなのだろう。先生は急に何かを思い出したらしく、みんなに言った。「二人の釣り人の話を聞いたことがありますか？」みんなは口々に「ありません」と答えた。私は嘘をついた。実は、ずいぶん前に胡適の翻訳した『短編小説』の中で読んだことがあったのだ。でも、このとき聞いたことがないと答えたのは、一つには秦先生のお話はいつも、事実の通りに話すのでなく、ところどころに自分の考えを織り交ぜるので、とても面白いからだ。それに、もし私が「読んだことがあります」と答えたら、先生の気持ちも冷めてしまうし、もし話してくれても力が入らず、聞いているみんなも面白みが減るだろう。だから、私はためらわずに嘘をついたのだ。

秦先生はポットで湯を注いでお茶を入れ、胡桃のお菓子をつまむと、面白そうに話し始めた。

「その年、プロシアとフランスは戦争を始め、プロシア兵はパリを包囲しました。城門はフランスの将校に固く守られ、打ち破られてはいませんでした。しかし、町の中では食料が尽き、多くの人が餓死し、木の皮や草の根を食べる人もたくさんいました。その中に、一人の時計修理人——名前を忘れてしまったから、ひとまず言わないでおきましょう——と、一人の小さな商店の主人がいました。ある日の朝、荒れ果てたパリの町で二人は出会いました。二人は握手をしたまま、何も言わず立ち尽くしました。二人は、お互いによく知っているわけではない古い友人でした」。ここまで聞くと、みんなが不思議そうに笑い出したので、秦先生は説明した。「なぜなら、二人は毎週日曜に、どちらともなく町の郊外の川岸で一緒に魚釣りをするだけの仲間で、そのほかの関係は何もないから、よく知っているわけではないと言ったのよ。でも、二人の魚釣りの趣味はぴったり合っていたし、長い付き合いだから、古い友人でもあるの。平和な時代には、毎週日曜の朝になると、二人はほぼ同じ時間に川岸に来て、笑って頷き合い、すぐに並んで座って魚を釣り、言葉を交わすことはありませんでした。とても天気のいい日には、時計職人が思わず『いい天気だねえ!』と言い、店の主人もごく真面目に『これ以上ない天気ですね!』とひとこと答え、そのほかの話はしませんでした」。ここまで聞くと、みんなはまた笑った。池明《チーミン》も笑って、噛み砕いた落花生がみんな口からこぼれてしまいそうになった。

秦先生は急にテーブルの上のデッサン用の鉛筆をとって、広げた画用紙に向け、テーブルの反対側で静かに話を聞いている私に向かって、注意するような口調で言った。「柳逢春さん、動かないでね! この姿勢で話を聞いているポーズを取ることだけ考えて、私の手の動きも気にしちゃだめよ。私はお話をしながら、あなたを写生するから。あなたのポーズはとても決まっているのよ」。みんなが面白そうに私の方を見たので、急に雰囲気が少し乱れてしまった。私はもとの姿勢を保つように努めながら言った。「ほら! みんな、人物の写生をするときの注意の第一番目を忘れたの? 『人のモデルになるときは、知らないと信じ込むこと。他の人が描いているのを見るときは、こっそり見ること!』みんな私を見ないで、もとのまま聞いて!」みんなはすぐに秦先生の図画の授業を思い出し、そろって言った。「そうね、私たちも『知らないと信じ込む』ことにしましょう。秦先生、続きをお願いします!」先生は鉛筆を紙の上で思うままに動かしながら、話を続けた。「二人は、平和な時代には長い間、こうして一緒に魚を釣っていました。しかし戦争が始まってからは、誰もが戦火から逃れきれず、ものも食べられず、どうして魚釣りのことなど考えられるでしょう? 心に思ったとしても、城門の外は敵だらけで、城門には兵士がいて厳しく取り締まっています。二人ももう、もとの場所に魚釣りに行くことなどできませんでした」。こっそりと目を下に向けて見ると、先生はもうだいたいの輪郭を描き終わっていた。頭部は顔と髪の二つの部分に分かれ、頭部の下には、両腕を組んだところの輪郭がほぼ描かれていた。細かい部分はまだ少しも描かれていないけれど、熱心に物語を聞いている人の姿がほぼ見て取れた。私はまた先生の話に耳を傾けた。「でもこの日、包囲された町の中で再会した二人は、気持ちがこれまでになく高まり、またあの場所へ魚釣りに行こうと約束しました。店主は城門を守っている中尉をよく知っていたので、町を出ることができたのです。そこで、ふたりはそれぞれ釣り道具を取りに家に戻り、中尉と秘密の暗号を相談しました。それを城門を守っている兵士に告げると、すぐに外に出してくれました。二人はいつもの川岸に行き、昔のように腰を下ろして釣糸を垂れました。けれども、世の中はすっかり変わり、まわりに人影はなく、見わたすかぎり砲撃の跡ばかりです。対岸の島の家々はみんな閉ざされ、何年も住む人がいないようです。実は、プロシアの兵士が中に潜伏していたのです。二人もこのことは知っていて、あらかじめ相談し、万が一、敵兵が何か言ってきたら、魚をあげることにしていました。間もなく銃声と砲撃の音が起こり、敵兵が攻撃を開始しました！　二人が近くの葡萄棚の下に逃れようとしたとき、不意に数人の足音が『ダッ、ダッ、ダッ、ダッ、ダッ』と近づいてくるのが聞こえました」。

このとき、みんなは秦先生の顔を食い入るように見つめ、何人かは口をあんぐりと開けたままだった。また先生の手元をこっそり見ると、もう水彩の筆に持ち替え、深い青の絵の具を取って、私の髪の毛を力強く描いているところだった。筆の動作と先生の口の「ダッ、ダッ、ダッ、ダッ」という動きが重なり、私は思わず吹き出しそうになった。隣に座っている宋麗金を横目で見ると、彼女も顔を上げて話を聞くふりをしているけれど、やはりこっそりと目を伏せて先生の手元を見ている。彼女の鼻の中が「ダッ、ダッ」に合わせて動き、口元には笑いをこらえられずに笑みが浮かんでいた。まわりの人を見ると、なんとみんな同じだった。話を聞いているふりをしながら、たまらずにこっそりと先生の写生を見ていたのだ。私が先生に見破られないように、すぐにまたモデルの役目に戻ると、先生は話の続きを始めた。「ダッ、ダッ、ダッ、ダッという音を立ててやって来たのは、四人のプロシア兵でした。たちまち、二人の釣り人を縛り上げると、ブタのように担いで行ってしまいました……ちょっと顔を描いてから続けるわね」

そこで、みんなは堂々と立ち上がって絵を見に来た。「そっくりだわ！」「早いのね！」「綺麗ね！」と小声で口々に言った。私だけは相変わらず石像のように、やはり両手をテーブルの上で組んで、顔を上げて声のないお話を聞いていた。およそ二、三分の時間だった。

「さあ、これでもう描きやすくなったわ。お話の続きをしましょう。プロシアの兵士は二人の釣人を兵営の中に連れて行き、一人の軍官が尋問に来ました。『二人ともスパイだな。我が軍の情報を探ろうとして、釣りを装うとはな！　よく釣れたか？』二人の釣人は答えませんでした。軍官はまた言いました。『本当なら、スパイは即刻、銃殺刑だ。ただ今日のところは命を見逃して、家まで送り届けてやる。もし城門を通る暗号を教えてくれたらな』。二人の釣人はお互いに顔を見合わせ、一言も口をききません。軍官はさらに言いました……」。このとき、秦先生はもう腕と服を描き終わり、あとは背景を残すだけになっていた。

先生は筆を置いて、みんなに言った。「だいたい描けたから、あとで完成させましょう。まず絵を見ないで、私の話を聞いてね！」そして、力を込めて話し始めた。「軍官はさらに言いました。『お前たちに五分だけ時間をやろう。もし言わなければ、即刻銃殺して、川に放り込むぞ！』そして、店主の肩を叩いてこう言いました。『考えてみろ。五分後には、お前たち二人の体は川底に沈んでいるんだぞ。お前たちにも家族がいるだろう。命が惜しくないのか？』二人の釣人は顔を見合わせ、やはり何も言いませんでした。五分が過ぎ、軍官は兵士に銃を構えさせ、同時に自分でやって来て、店主を片隅に引いて行き、こっそりと言いました。『白状しろよ。お前の友達には言わないよ。お前が白状しなかったことをわざと責めれば、友達にはお前が言ったとは分からない。たっぷり褒賞をやるよ』。店主は口を開きませんでした。軍官は今度は時計修理人を片隅に引いて行き、同じように彼を騙しました。時計修理人も口を開きません。そこで、軍官は兵士に命じて、引き金を引く準備をさせました。「友よ、さよならだ！」店主は時計修理人に言い、時計修理人も同じように言いました。「友よ、さよならだ！」銃声が響き、二人の釣人は重なるようにして地に倒れました。しばらくして、二人の死体は川に投げ入れられ、川面には二筋の血だけが浮かび上がりました。この二人の名もない市民は、自ら進んで死を選び、決して軍の秘密を漏らすことはしなかったのです。自ら進んで銃に倒れ、決して国を裏切ることはしなかったのです。これを『身を殺して仁を成す』といいます。二人はそのとき、ひとこと口を開けば、死を免れ、厚い褒賞も得られたのです。みなさん、考えてみてください。何が二人に、死んでも口を開かせなかったのだと思いますか？」秦先生の話は終わった。

みんなは心を高ぶらせて聞きながら、他のことはすべて忘れていた。私も先生の最後のひと言を心に刻みながら、やはりすべてを忘れていた。でも、後で何かよいことがあるような気がして、期待して待っていた。突然、あの絵のことを思い出し、さっそく立ち上がって見に行った。すると、落花生の包み紙の下に、一枚の水彩の肖像の sketch が隠れていて、とても生き生きとしたものだった。みんなはすべてを忘れてお話を聞いていたが、この絵にも興味津々で集まってきた。呉文英は頭を振りながら、一人言のように言った。「秦先生の手は、どんなふうにできているのかしら？　どうやったら話をしながら、こんなにそっくりで美しい絵が描けるのかしら？」秦先生は背景の絵の具を調合しながら、ゆっくりと答えた。「話すことと絵を描くことは、もともと別のことなのよ。話すのは理性、描くのは直感だから、同時にすることができるの。でも、難しい部分を描く時には、私も話を止めなくちゃいけないけれど。それに、この絵がうまく描けているとしても、私の腕がいいせいじゃないのよ。一つは、今夜が楽しかったから。もう一つは、柳逢春さんのモデルが上手だったからよ」。私は秦先生に、モデルをしたご褒美として、この絵をくださいとお願いした。先生はいいですよと言ったけれど、まだ熱心に修正していた。

九時半になって、私たちはテーブルの上の食べかすを片付けて、おやすみなさいと言って寝室に戻った。思いがけず肖像画をもらえたことは、これ以上ない喜びだった。この夜はよい夢をたくさん見た。

『新少年』一九三六年十一月十日第二巻第九期掲載

黒板の落書き

公民の授業のとき、金《ジン》先生——大きな鼻の生徒指導の先生——が教室に入ってくると、誰もが顔を下に向けて、くすくすと笑わないではいられなかった。なぜなら、先生の大きな鼻の上に、どうしてケガをしたのか知らないけれど、バッテンの形をした絆創膏が貼られていたからだ。先生の鼻はもともと大きくて目立つのに、今日はしっぷと絆創膏まで加わって、おかしくなるくらい大きい。でも、先生は生徒指導の主任だし、普段から私たちがあくびをしても注意するので、みんな先生を忌み嫌っていて、誰も顔を上げて声を出して笑おうとしなかった。先生も教壇に上がると、頭を低くして上目を使い、教室中をこっそり見渡した。何も変化がないのが分かると、出席を取りはじめた。それが終わると、すぐに教科書を開いて「国民の権利の基礎」の単元の授業に入った。まるで、自分の鼻のことを誰かが言い出さないようにしているみたいに。

先生が「集会のルール」について話しているとき、男子生徒の馮士英が席を立って、入口の痰壺のところに行って痰を吐いた。これは普通のことで、誰も気にしない。でも、彼が痰を吐いて席に戻るとき、後ろの何列かの男子生徒が急に声を上げて笑いはじめた。私の席の近くの女子生徒も、頭を低くしてくすくすと笑ったり、入口のところを覗き見たりしている。私も一緒に目をやると、教室の扉がちょうどゆっくりと閉じるところで、扉の後ろの黒板には、大ざっぱな線で滑稽な絵が描きなぐられていた。それは大きな横顔で、鼻が頭より二、三倍も大きく、鼻の先にはバッテンの形の絆創膏が貼られ、鼻の側には小人がいて、手にはノコギリを持ち、鼻を挽いて切ろうとしているところだった。明らかに金先生をからかった似顔絵だ。みんなはこの似顔絵を見て、大っぴらに笑った。

私たちの教室では、入口は教卓が面している壁、つまり先生の後ろの右側にある。生徒の座席は、入口のある壁に向かい合っている。この教室は校舎の角にあるので、扉の外を通る人はいない。だから、授業の時にはいつも扉を開け放しにしている。教室では、教卓が面している壁以外に、三方の壁にもすべて黒板があって、生徒が数学の演算をするために使っている。扉はいつも開いているので、その後ろの部分の黒板は扉に遮られて、他の部分よりかなり新しくて黒く見え、この描きなぐりの滑稽な似顔絵は、その上に描かれているのでとりわけ目立った。この絵の作者は誰なのか分からない。でも、扉を閉めて、それをみんなに見えるようにしたのは、疑いもなく痰を吐いた馮士英だった。

金先生は、みんなが入口の方を向いて笑っているのを見て、頭を右に向けてしばらく見つめ、さっと顔を赤くしたが、顔には無理に笑顔を浮かべて言った。「これは私の似顔絵でしょうね。誰が描いたのですか?」みんなは下を向いていて、笑い声も立てない。「似ていませんね! 私の鼻はまさか、こんなに大きいんですか?」みんなは我慢できずに吹き出した。「私の鼻の上のおできは、すぐに治りますよ。どうして鼻をノコギリで切らなくちゃいけないのかな?」みんなはさらに激しく笑った。「まさか、図画の先生がみなさんにこういう絵を教えたんじゃないでしょうね。描いたのは誰です?」先生はクラスの委員長に尋ねた。委員長は立ち上がって答えた。「僕が教室に入った後には、描いている人を見ませんでした。多分このクラスの人が描いたのではないでしょう」。金先生はさらに尋ねた。「さっき痰を吐いたのは誰ですか?」誰も口を開かないけれど、みんなが振り返って馮士英のほうを見た。馮士英は首をすくめて教科書を読んでいて、ぴくりともしない。金先生は馮士英のほうをじっと見ると、続けて言った。「もういい、授業にしましょう」。委員長がさっと席を立ち、黒板消しで素早く似顔絵を消した。

授業が終わると、金先生は馮士英を生徒指導室に呼び、彼に「メインディッシュ」をご馳走した。図画の秦先生も、彼を部屋に呼んで、また「メインディッシュ」をご馳走した。「メインディッシュを食べる」というのは、私たちのクラスだけで通じる言い方で、先生に呼ばれて大目玉を食らうという意味だ。馮士英は二回の「メインディッシュ」を食べたあと戻ってきて、みんなにおどけた顔をし、舌を出して見せた。「おなかいっぱいだよ。今日の昼ご飯はもう入らない。他のことはいいとしても、秦先生には申し訳なかったな。大鼻のやつ、授業の後で秦先生のところに行って文句を言ったんだよ。まるで秦先生が僕に描かせたみたいじゃないか。おかしいと思わない? 秦先生もおかんむりだったよ。話しているとき、ずっと眉間に皺を寄せていた。『確かに私も悪かった、絵で先生を侮辱してはいけないって、先に教えておかなかったから』って。これはちょっと辛かったなあ。だから僕、先生に謝って、もうしないって約束したんだよ。でも実は、侮辱したんじゃないんだよ。金先生、あなたの鼻は大きいでしょう? ノコギリでちょっと切ったら、運が良くなるよ！」そう言うと、みんなが笑った。

夜、私と宋麗金は秦先生の部屋にお見舞いに行った。秦先生の怒りは、まだ消えてはいなかった。先生はまず、馮士英はおしゃべりをしすぎると言った。それから金先生のことであれこれこぼして、そっと私たちに言った。「金先生が私を責めるなんて、本当におかしな話だわ。生徒が金先生を描いたら図画の教師のせいなら、何か言えば国語の教師のせい、殴ったら体育の教師のせいでしょう。しかもその絵は――私は見たわけじゃなくて、聞いただけだけれど――侮辱にはならないわ。そうじゃなくて、『似顔絵漫画』なのよ。私は面白いと思いますよ、怒る必要はないわ」。私たちが「似顔絵漫画」って何ですかと先生に聞くと、先生は楽しそうに言った。

「漫画の中には一つの描き方があって、人の顔の特徴を強調するのよ（例えば鼻が大きければ、特に大きく描く）。絵は怖くなったり滑稽になったりするけれど、とてもよく似ていて、これを『似顔絵漫画』というの。これはとても難しい技術なのよ。いろいろな国の新聞や雑誌には、いつも政治上の重要な人物や、有名な俳優、有名人などの『似顔絵漫画』が堂々と載っているのよ。絵を描かれた人も、全く侮辱だとは思わないの。例えば以前のアメリカの大統領はむかし、自分を描いた似顔絵漫画を集めて、よく眺めていたのよ。フランスの有名な風刺画家のドーミエ（Daumier）は、国王の顔を梨の実のように描いたことがあって、滑稽だけれど、とても似ていたの。国王はそれを目にすると、自分で鏡を見て、ちょっと笑っただけで特に腹を立てなかったそうよ。その後、国王が外出すると、人々は彼を見ると笑いを我慢できなくて、失礼なことをしたの。調べてみると、その人たちはドーミエのその漫画を思い出して笑ったことが分かって、王は不愉快に思ったのね。お城に帰ると、別の理由をつけてドーミエを捕えて、牢屋に入れてしまった。でも、間もなく釈放したのよ。フランスにはもう一人の漫画家がいて、ある女性作家の顔をブタのように描いたの。女性作家は別に怒らなかった。でも彼女の夫は侮辱されたと思って、役所に訴えた。裁判のときは、傍聴人で満員だったそうよ。尋問が終わると、裁判官は遠回しに女性作家の夫に言ったの。『彼があなたの夫人を似顔絵漫画に描いたのは、好意からなのですから、光栄に思うべきですよ。それに、よく似ていますよ！　告訴を取り下げることをお勧めしますね』」。先生がここまで話すと、私たちは大笑いした。秦先生は美術の話をすると、不愉快なことは全て忘れられるのだ。今では、大鼻の先生のせいで嫌な思いをしたことは、忘れてしまったようだった。先生は話を続けた。

「実は、人の顔が美しいかどうかの見方は、漫画家は普通の人と正反対なのよ。普通の人が美しいと思うのは、例えば整っているとか、顔の造作のバランスが取れているとか、色艶がいいとかだけれど、漫画家から見ればちっとも美しくないの。なぜなら、そういう顔は平凡すぎるし、何の特徴も捉えられないから、面白い似顔絵漫画を描くことができない、つまり美しくないのね。漫画家が美しいと思うのは、凹凸のバランスが悪かったり、目や鼻や口のどこかが大きすぎたり、奇妙な形をしているような顔なのよ。特徴がよく分かって捉えやすいし、絵に描くと似せやすいから。でも普通の人から見れば、醜いと思われるの。あの金先生は、自分でも醜いと思っているのかもしれないわね。でも漫画家から見ると、彼こそ美形なのよ！」三人は大笑いした。

　私は秦先生に尋ねた。「漫画は、いま中国でも流行っていますね。どういうものが良い漫画なのか、私にはまだ分からないんです。基準があるのですか？」秦先生は答えた。「決まった基準があるとは言えないわ。でも、『抽象的な思想が具体的に分かりやすく表現されている』のが、良い漫画の主な条件だと言えるわね」。先生は本棚に手を伸ばして一冊の本を抜き出し、あるページを開いて私たちに見せながら、こう言った。「ほら！　例えばこの絵は、『抽象的な思想が具体的に分かりやすく表現されている』一例よ。最近、いろいろな国が軍縮会議を開いて、軍備の縮小を協議するとか、共に世界平和を目指すとか言っているけれど、それはみんな形式だけのことね。実際は、各国はみんな軍備を増強して、大戦争の準備をしている——これを『抽象的な思想』というの。抽象的な思想は絵に描けないけれど、漫画家はある具体的な状態を考え出して、それを分かりやすく表現できるの。人が見れば一目で分かって、しかも文章を読むより深い印象が得られる。例えば、この絵の作者はこう考えたのね。軍縮会議は目に見えるところ、軍備の拡張は目に見えにくいところで行われる。軍縮会議に実質はないけれど、軍備の拡張は実力で行われる。そこで、漫画家は具体的な方法を考えた。軍縮会議は目に見えるから、三人の正装の外国人がテーブルで乾杯をしている場面で表すことができる。軍備の拡張は目に見えにくいから、手足を交えてケンカをしている三つの黒い影で表すことができる。それに、軍縮会議には実質がないから小さく、軍備の拡張は実力で行われるから大きく描けばいい。こうやって、この抽象的な思想は具体的な人物と黒い影になって、分かりやすく表現されたのね。絵を見る人からすれば、まず前の方を見れば、軍縮会議の席上で三人の要人がよそよそしく乾杯している。次に後ろの方を見れば、なんと三つの大きな黒い影が殴り合い、蹴り合いのケンカをしている！　あははは……」。私たちも一緒に「あははは……」と笑うと、夜の自習時間の終わりを告げるベルも一緒に「リリリリン……」と鳴り響いた。三人はそこでお開きにした。

『新少年』一九三六年十一月二十五日第二巻第十期掲載

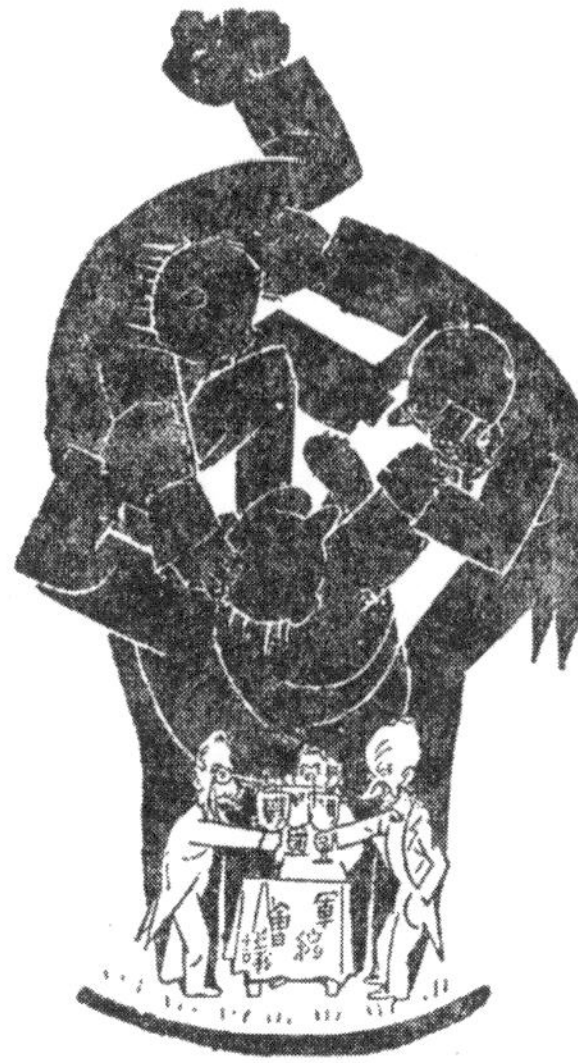

「軍縮会議」

冬着に寄せて

「姉さんへ：
姉さんの新しい綿入れの上着ができたので、宋おじさんに持って行ってもらいます。受け取ってください。母さんが、手紙でこう伝えて欲しいと言っています。この綿入れの上着は真綿①でできているけれど、とても薄いから、今から着てもいいです。スカウトのキャンプでは、必ず着てくださいって。ぼくたちは真綿の育つ地方で生まれて、小さいときから真綿を着慣れているので、冬の寒いときに普通の綿を着ると、ひどい風邪をひいてしまいます。とくにキャンプの夜は、厚くするとスカウトの制服の中で着ぶくれると思って、母さんは特別に薄くして、しかも小さく作ったので、着ても太って見える心配はありませんよ。この綿入れを荷物の中に仕舞い込んだりしないで、くれぐれも暖かくしてください。

綿入れといえば、もう一つお話しすることがあります。この布地は「梅萼呢《メイウーニー》②」といって、ぼくが母さんと二人で買いに行きました。その日、お廟通りに新しい布地店ができたので、一緒に裁断に行ったのです。姉さんの綿入れの生地を切るとき、母さんはぼくに選ばせてくれました。ショーウインドーの布地は色も

注①　絹の一種で、蚕の繭を煮て引き伸ばし、綿にしたもの。
注②　梅の萼（がく）の模様の毛織物。

柄もいろいろあって、本当に選びようがありません。あとで考えて、姉さんは無地の青灰色が好きなのを思い出して、何も模様のない『普通生地』を選んだのです。でも母さんは気に入らなくて、年頃の娘がこんな地味なものを着るのは良くない、青灰色はいいけれど、何か模様がなくてはいけないと言います。それで、ぼくはそれとは別に『梅萼呢』を選びました。見たところ、みんなとても華やかです。曲線の格子模様しかないものが特に優雅なので、それに決めることにしました。母さんはまだ満足しなくて、どうしても梅の花模様の布にさせようとします。そこでぼくは、『その布で作ったら、姉さんはきっと着ようとせずに、キャンプから帰ってきたらひどい風邪をひいているよ』と言いました。母さんはやっと承知して、ぼくが選んだ曲線の格子模様の『梅萼呢』を裁断しました。家に持って帰って父さんに見せると、よい模様だねと言ってくれたので、ぼくもうれしくなりました。よく見直してみて、やっぱり気に入りました。

この曲線の格子模様は、一体どうやって描いたのでしょう。横線と縦線は波模様で、交差する部分は決まっていて、不規則なところはありません。ぼくは鉛筆で紙の上に描いてみたけれど、どうやっても正確に描けません。父さんに聞くと、『これはデザイン画だから、道具を使って描かなくちゃ』と言います。もう一度、どんな道具なのかと聞くと、『絵を描く道具だよ！　今度探して、描き方を教えてあげるよ』と言って、煙草をくわえてふらりと向こうに行ってしまいました。それで、父さんに聞くのはやめました。次の日、学校に行って華先生にたずねてみました。黒板に波模様の格子を描いて先生に見てもらい、どうやったら正確に描けるのか聞いてみました。先生によれば、『それはコンパスで描かなくちゃ。難しいぞ。

でも、きみたちは今はこういう絵を勉強しなくていいよ』とのことです。ぼくもそれ以上聞くのはやめました。あとで、このことを華明くんに話すと、華明くんは次の日、お父さん――華先生の引き出しから、こっそりコンパスを持ち出してきて、見せてくれたのです。使ってみると、とても面白いものでした。くるりと回して、丸を一つ。もう一度回して、丸をもう一つ。手で描けば、どうやってもこれほど正確には描けません。でも、姉さんの綿入れの波模様の格子は、これを使ってどうやって描くのかな？　ぼくも思いつかないし、華明くんも分かりません。華明くんはお父さんに聞いたけれど、その答えは、うちの父さんの答えと同じようにお茶を濁すようなものでした。この波模様の格子の描き方が分からないと、気持ち悪くて、何かをやり残しているようで、いつも心に引っ掛かっています。華明くんは笑いながら言います。『きみは分からないことがとっても多いんだね。飛行機はどうやって作るのか、高射砲はどうやって発射するのか、鉱山はどうやって掘るのか……世の中のことは、そんなに分かるものじゃないよ』って。でも、僕は華明くんの言うことを信じません。なぜなら、これは一つの絵の描き方に過ぎず、そんなに重大なことではないからです。ぼくの知りたいことは、そんなに特別なことではありません。いまお知らせしましたので、姉さんは中学校にいて見たり聞いたりすることも多いでしょうから、描き方を僕に教えてもらえますか？

　この手紙は、綿入れのポケットの中に入れます。分からないといけないから、別の紙に『袋内有信』（ポケットの中に手紙があります）の四文字を書いて、包みの中に入れますね。それでも、包みを開く時に紙をなくすといけないから、包みの上にも『内有紙信』（中にメモがあります）の四文字を書いておきます。でもやっぱり包みの上の字をよく見ないといけないから、母さんが宋おじさんに頼んで、宋麗金から姉さんに『包みの上に字が書いてある』と伝えるように言ってもらいますね。この手紙を見たら、返事をください。

弟の如金より　十二月一日」

「弟へ：

宋麗金は包みを渡してくれるとき、『包みの上に字が書いてあるわよ』と何度も注意してくれました。私は手紙を読み終わってからメモを見て、メモを見てから包みに書いた文字を見ました。

送ってくれた綿入れは、着てみるとぴったりで、それに色も模様も気に入りました。袖を通してみてから、ずっと着ています。三日間のキャンプは、もう終わりました。キャンプでは自分たちで炊事をして、とても面白かったです。夜には十数人が一つのテントで寝るので、みんな汗びっしょりで、誰かがこっそり遊びに来てくれて、外の空気を吸えたらいいのにと思っていました。風邪なんて引くはずがありません。私はとても元気で、家にいたときのように、寒さや暑さを心配することはありません。母さんによろしく伝えて、安心させてあげてください。

この生地の色は、確かに素敵ですね。模様も優雅です。この模様の描き方について考えてみると、きっことが分かりませんでした。それで昨日の夜、このためにコンパスを使うのでしょうが、どうやって描くのかすぐには分かりませんでした。それで昨日の夜、このために秦先生のところに行って聞いてみて、先生から面白い描き方をいろいろと教わりました。このコンパスというものには、不思議な使い方が無限にあることを初めて知りました。先生が教えてくれた描き方を、図にまとめて送ります。あなたはきっと喜ぶと思いますよ。それから、華明くんに泥棒をさせなくて済むように、コンパスを一つ買って送ります。

図の中には九つの四角いマス目がありますが、合わせて十二種類の模様があります。その中の三つのマス目には、二つずつ模様が入っているからです。一列目の右側のマス目が、私の綿入れの模様です。この模様の描き方は複雑なようですが、実は簡単なのです。正方形のマス目を描いて、どこか一つの角を中心として、マス目の対角線を半径として円を描きます。この円は、八つのマス目を通るはずです。向かい合った二つずつのマス目の中の弧線を消すと、そのほかの向かい合った二つずつのマス目の中の弧線が、隣の二本の波模様の一部分になります。図の中のマス目をよく見れば、きっとすぐにその描き方が分かるでしょう。規則的で、杓子定規で、ちっとも難しくありません。この波模様の格子の描き方が分かったら、他の模様の描き方はみんなすぐ分かるので、いちいち説明はしませんね。万が一、分からないところがあったら、コンパスを使って試してみてもいいでしょう。それぞれの弧線の中心が探し出せれば、その描き方は分かりやすいです。この十二種類の描き方が分かったら、きっと自分でいろいろな模様が作れるでしょう。まず格子や、正方形や、長方形や、斜辺形や、それを組み合わせたものを描いておくだけでいいです。それからコンパスの足を格子の交差点に置いて、二本の足を開く角度を自由に決めて、弧線の繋がりを好きなように変えれば、無限に模様を描くことができます。秦先生はこうおっしゃいました。『織物の図案と装飾の図案は、すべて一本のコンパスからできる』と。これは、本当に魔法の道具です。

ほら！　これで遊んでみたら、きっとなかなか面白いでしょう。でも、言っておくけれど、これは決して難しい絵ではないのです。こういう絵にはパターンがあって、退屈なものです。ちょっと丁寧にすれば、誰でも描くことができます。反対に、写生画のようなものには決まったパターンがなく、出来不出来がはっきり分かります。それこそが美術では難しいことで、ただ丁寧なだけのものには意味がありません。秦先生もそうおっしゃったし、私もそう思います。こういう絵は裁縫みたいなもので、根気よく一針一針縫いさえすれば、どのみち完成するのです。でも、写生画は違います。必ずしも根気強くしたり、丁寧にする必要もありません。時には、根気強さや丁寧さは良くないのです。道具で描く絵では機械的な表現が大切なので、同じ題材なら、誰が描いても結果はだいたい同じでしょう。でも、写生画では個性的な表現が大切なので、十人が一つの果物を描けば、それぞれ違う絵になるのです。だから、もし道具で絵を描くのが好きになっても、それは絵画の一つの分野として勉強するのがいいでしょう。工芸美術や、実用美術の分野では、道具で描く絵はとても重要です。現代人には道具に頼って絵を描く人が多いし、工芸ではすべて、道具の力を製作の助けにしています。私たちもこういう絵を勉強すべきだけれど、でもそれは絵画の一つの世界でしかありません。そのほかに、別の絵画も勉強しなければ。

お正月休みまで、あと一か月もありませんね。半年、家に帰っていないので、初めて家に帰ったときどんなにうれしいか、今も想像できません。

姉の逢春より、十二月四日」

『新少年』一九三六年十二月十日第二巻第十一期掲載

美と共感

ある子供が、私の部屋に入ってきて、物を片付けてくれた。彼は私の腕時計が文字盤を下に向けて机に置いてあるのを見ると、ひっくり返してくれた。茶碗がやかんの取手の後ろに置いてあるのを見ると、注ぎ口のある前の方に持ってきてくれた。ベッドの下の靴の向きがあべこべになっていると、揃えてくれた。壁の掛け軸の紐が前に出ているのを見ると、腰掛けを持ってきて乗り、後ろのほうに隠してくれた。私はお礼を言った。

「坊や、こんなにきちんと片付けてくれたんだね！」

その子は答えた。

「ううん、こういうのを見ると、落ち着かないんだよ」。そう、彼は前に言ったことがあった。「時計が文字盤を下に向けて机に置いてあると、どんなに息苦しいだろうと思って！」「茶碗が母さんの後ろに隠れていると、お乳が飲めないでしょう?」「靴の向きがあべこべになっていると、おしゃべりできないでしょう?」「掛け軸のお下げが前に伸びていると、アヘン患者みたいだよ」。私はこの男の子の共感の力が豊かなことに、心から敬服した。それからというもの、私も物の置き場所に気をつけ、物が落ち着いているかどうかを思いやるようになった。物の位置が落ち着いていれば、私たちが見ても心が落ち着く。そこで、私はハッと理解した。これこそが美の心であり、文学的描写のなかでよく見られる観点であり、絵画の構図で取り扱う問題なのだと。これはすべて、共感の心が広がったものなのだ。普通の人の共感は人間だけ、多くとも動物にしか及ばないが、芸術家の共感は非常に深く広いところに及ぶ。世界の創造主の心と同じように、生命の有無にかかわらずすべての物に及ぶことができるのだ。

次の日、私は高校の芸術の授業で、生徒の彼女たちにこんな話をした。

世の中の物には様々な面があり、人によって見方が違う。例えば一本の木なら、博物学者、庭師、大工、画家、それぞれ見るところが違うだろう。博物学者はその性質と状態を、庭師は生態を、大工は材質を、画家はその姿を見るのである。

ただし、画家の見るものは、その前の三人とは根本的に異なる。前の三人にはみな目的があり、木の成長の中の原因と結果の関係を見ているが、画家だけは、目の前の木そのものの姿を見て味わうもので、別の目的はない。そのため、画家が見ているのは形の面であって、実用的な面ではないのである。つまり、それは美の世界であって、真・善の世界ではない。美の世界での価値の基準は、真・善の世界とはまったく違う。私たちは、物事の形や色や姿だけを見て味わっていて、その実用的な面の価値は問題にしていない。このように、一本の枯木、一つの奇石は、実用的には何の価値もなくとも、中国の画家には非常に良い題材である。名もない花は、詩人の目にはこの上なく美しい。ゆえに、芸術家の見る世界とは、あらゆるものを分け隔てなく見る世界、平等な世界だと言える。芸術家の心は、世界の全ての物事に心からの共感を寄せるものだ。

そのため、通常の世界の価値や階級というものは、絵の中に入れば全て消え去ってしまう。画家は自分の心を、無邪気な子供の姿に託して子供を描き、同じように自分の心を、病に苦しむ物乞いの表情に託して物乞いを描く。画家の心は、常に自らが描く対象と共鳴し、共感し、喜びと悲しみを共にし、共に泣き、共に笑わなければならない。もしこのような深く広い共感の心がなければ、手と指だけで製作をしても、決して真の画家になることはできない。たとえ絵に描くことができたとしても、せいぜい一枚の写真に値するものでしかないだろう。

画家にはこのような、深く広い共感の心が必要であるからこそ、同時に豊かで充実した精神力が不可欠である。その偉大さが英雄と響き合わなければ、英雄を描くことはできない。そのたおやかさが少女と響き合わなければ、少女を描くことはできない。ゆえに大芸術家とは、すなわち大いなる人格者なのである。

芸術家の共感の心は、同じ人間に及ぶだけでなく、あらゆる生物と無生物とにあまねく及ぶ。犬や馬、花や植物は、美の世界ではいずれも魂を持ち、泣きも笑いもできる生き物である。詩人はよく、血を吐くホトトギスの声を聞き、冬支度を急がせる秋のコオロギの声を聞き、桃の花を見れば東風を笑って咲くといい、蝶は春が過ぎゆくのを見送るという。実用的な頭からすれば、これらは全て詩人のたわごとである。しかし実は、もし我々が美の世界に身を置き、その共感の心を万物に広げれば、こういった情景はありありと感じることができる。画家は詩人と似通ったものだが、画家はその形、色、姿という面だけに注目している。龍馬《りゅうば》①の気迫を体得していなければ龍馬を描くことはできず、松柏の強靭さを体得していなければ、松柏を描くことはできない。中国古来の画家は、いずれもこのような明確な教えを身につけていた。西洋の画家だけが、なぜ違うのだろうか？　我々画家は花瓶を描くとき、その心を花瓶に託し、自身が花瓶となって、花瓶の力を体得しなければ、花瓶の精神を表現することはできない。その心が朝日の輝きと同じように光を放っていなければ、朝日を描くことはできない。海の波の曲線と同じように心が躍っていなければ、海の波を描くことはできない。これはまさに「物我一体」の境地であり、万物が芸術家の心には備わっているのである。

　このような深く広い共感の心を持つために、中国の画家は絵を描くとき、まず香を焚いて黙して座り、精神を整えてから、墨を擦り紙を延べて、作品に向き合う。実は、西洋の画家にもこのように精神を整えることが必要なのだが、今までこのような方法についてはっきり言葉にされたことがないだけなのだ。それだけでなく、一般の人にも、物事の形、色、姿について、多少の共鳴と共感の生まれつきの才能が備わっているものだ。そのため、部屋の配置や装飾、道具の形や色にその美しさを求めるのは、天性に従おうとしているのだと言える。目に映じるものがすべて美しい形と色をしていれば、我々の心はそれらと共感し、心地よさを感じる。これと反対に、目に映じるものがすべて醜い形と色をしていれば、それらと共感して不快に感じる。ただ、共感の程度に深さや大きさの違いがあるだけである。形や色の世界に全く共感しない人は、おそらく世界に一人としていないだろう。いるとすれば、極端に感性の乏しい人、あるいは理性の奴隷であり、それはいわゆる「情趣を解しない人」ということになる。

ここで、我々は子供を褒め讃えないわけにはいかない。なぜなら、子供は多くの場合、最も共感の心に富んでおり、しかも共感は人間にとどまらず、自ずから猫や犬、花や草、鳥や蝶、魚や虫、玩具などのあらゆる物事に及ぶからである。彼らは真剣に猫や犬と会話し、花に口づけ、人形（doll）と遊ぶ。その心は、芸術家の心よりはるかに真実がこもり、自然なものである。彼らはいつも大人たちが注意を払わないところに気がつき、大人たちの見えないものを見ることができる。このため、子供の本質は芸術であり、言い換えれば、人間は本来芸術であり、共感の心に富んでいるものである。ただ、成長すると世間の知恵に邪魔をされ、このような魂が妨げられ、あるいはすり減ってしまう。聡明な人だけが、それに屈せずにいることができる。外側は圧力を受けたとしても、内部では尊い心を保っている。このような人こそが、芸術家なのである。

西洋の芸術評論家が芸術の心理について論じるとき、「感情移入」の説というものがある。いわゆる「感情移入」とは、我々は美しい自然や芸術に対して、自分の感情をその中に移し入れ、その中に没頭することで、共鳴し共感し、このとき美の豊かな味わいを経験できるというものである。また、こういった何かに我を忘れて没頭するという行為は、子供の生活の中で最もよく見られるものだろう。彼らは心から興味

注① 体は馬、頭は龍の姿をした伝説上の動物。

を持って遊びに没頭し、空腹も寒さも、疲れも忘れてしまう。聖書には、幼な子のようでなければ、天国に入ることはできないと記されている。子供こそ、人生の黄金時代を生きている。我々の黄金時代は過ぎ去ってしまったが、芸術的な感性を養うなかで、この幸福と、思いやりの心と、平和な世界に改めて出会うのである。

『中学生』一九三十年一月第一号掲載

民国十八（一九二九）年九月二十八日、松江女子中学校高等部一年生のための講演

児童画

子供のポケットにはよく炭や、土くれや、チョークが隠されていて、これは彼らの絵の道具である。大人が気が付かないうちに、彼らはこっそりとこの道具を取り出してきて、真っ白な壁や、ぴかぴかした窓に作品を発表する。大人たちは見つけると大いに雷を落として、汚いとか、公共の道徳に反するとか、みっともないなどと言う。清潔さと道徳の面から言えば、美観を損なうものであり、禁止するのは止むをえない。そこで、何とかしてこれらの作品を消し去り、その作者をくどくどと叱りつけるが、道具を没収することはしない。そのため、この禁止には効果がないことがほとんどである。何日かすれば、子供たちのポケットにはまた絵の道具が潜んでいて、壁や窓には再びこういった作品が発表されることになるのである。

大人たちの言い分はもっともで、勝手に窓や壁に落書きをしたりすれば、確かに清潔さや道徳、美観を損なう。しかし、絵を消すときに作品を仔細に見て、少し考えて方法を講じさえすれば、こういった家庭でのいたずらは決して禁じる必要がなく、逆にこれを指導のチャンスとすることができるものだ。なぜなら、この落書きをよくよく見てみれば、それが子供の絵の本能が現れたものであり、どの線も小さな美の心から溢れ出たもので、どの絵も小さな感動が託されたものだと分かるからだ。その手で消し去ってしまうには忍びなく、この美の心を育て、感動を養う方法を考えるべきだと思うことだろう。

実際のところ、悪意から出た心ない落書きを除けば、子供が壁に描いた絵は、学校の美術の授業での図画の成果より、芸術的価値に富んでいることが多い。なぜなら、それは自ら進んで、強いられることなく、作為なく、最初から最後まで心からの興味によって描かれたものだからだ。ゆえにそこに描かれたものは斬新で、大胆で生き生きとしており、大人たちの目には見えず、描くことができないものだ。ただ、こういう絵は不幸にも家庭では邪魔者扱いされ、保存されることは難しい。やや上流の家ともなれば、玉の楼閣のように飾り立てた家は、壁に一点の汚れもあってはならず、子供の落書きを目にすることは決してない。貧しい家ではわずかに見かけることがある。荒れ果てた寺や古い廟、路傍の小屋の壁が、かろうじて村の子供が美術の腕をふるう場所となっている。

いつかの旅行で、寺か道端の小屋で一休みしたとき、徒然なるままに壁に描かれた龍の絵を眺め、その意味を考えつつ、描かれた線を分析してみたことがあるが、実に無限の楽しみを感じたものだった。日頃から考えていることだが、もしこういった絵画だけを探して研究してみればきっと、ある地方の子供の生活の実態がありありと分かり、子供の心を真に理解できることだろう。私の知るかぎり、最近の田舎では、寂れた寺の朽ち果てた壁に、すでに飛行機が見られた。その形は巨大で奇怪な鳥に似て、互いに争っているように見えた。初めてそれを見たとき、私はそれが飛行機だと分からなかった。何回か見たのち、ようやく分かってきたのだ。後に、村のおかみさんがこう話すのを聞いた。「西洋人どもがあそこで、子供らを焼いた油で飛行機を作ったんだって。それであれには目があって、飛べるんだよ」。それでようやく、子供が飛行機をこんな姿に描いたのは、理由のないことではなかったと悟った。その話を聞いてから絵を見て、近ごろいつも空高く音を立てて旋回しているあの飛行機の印象を思い出すと、まさにあの壁に描かれた大きな鳥のような怪物になるのだ。その村のおかみさんの愚かな意見を正し、芸術的な方法で飛行機に「命を与えて」奇怪な鳥の姿とし、それが大空で争う光景を考え出すとは、何と興味深い児童画の題材だろうか！　こういった絵は、上海の多くの児童画集でも目にしたことはないのに、貧しく辺鄙な田舎の、寂れた寺の朽ち果てた壁に、すでに発表されていたのだ。

このような絵心に、もし大人たちの適切な指導と導きがあれば、子供は炭のかけらや土くれやチョークを隠し持って、こっそりと壁や窓に落書きをする必要はない。きちんとした道具と堂々と絵を描く権利を持てば、その進歩はさらに目に見えるものになるだろう。同時に、芸術教育の前途にも、きっと明らかな進歩があるだろう。

一九三四年三月七日、江蘇省教育庁『小学校教育』に寄せて

版画と児童画

一

最近、ソ連の版画展覧会が上海で開幕した。続いて、全国児童画展覧会も上海で開催され、何人かの知り合いの中高生や美術好きの友人と会ったとき、よく版画や児童画の話になった。ところが、この二つの展覧会は、私はどちらも見ていなかった。そのため、彼らに何か適当なコメントを求められても、私は何も答えることができなかったのだった。そこで、彼らは話題をこの二種類の絵画の一般的な問題に変えた。そこで話題になったのが、以下のような幾つかの問題に他ならない。

「版画とはいったい、どのような絵画なのか?」

「版画には、どのような芸術的価値があるのか?」

「児童画と大人の絵にはどんな違いがあるのか?」

「児童画はどうあるべきか?」

こういった問題は、一見平凡でありながら、答えるのは難しいものだった。簡単に解説しようとすれば要領を得ず、詳しく述べようとすれば長くなりすぎる。そこで、私の答えは往々にして支離滅裂となり、相手の求めに答えられなかった。後になって、このように思った。芸術については、多方面が困難に直面しているわが国では、十分に配慮している余裕もない状況である。そのため、こういった卑近な問題であっても、若者たちはその意味を理解するよすがなく、基本的な解説を求めているのである。そこで、私は何度かの支離滅裂な話をした後で、思い立って話題を集め、一篇の文章とし、版画と児童画の一般的な性格について記そうと思った次第である。合わせて、雑誌『浙江青年』の求めに応じる。この文章を読もうとする人は、以前私が話した何人かの人に止まらないかもしれない。幸いにもこの二種類の絵画の性格には、偶然にも類似する点があり、ここで合わせて論ずることをお許しいただきたい。

二

版画とは何だろうか？　簡単に答えれば、それは紙や布に描かれた絵ではなく、木などの硬いものを彫り、印刷した絵のことである。版画は一度に一枚しか得られないのではなく、一度に何枚も印刷できる絵である。

児童画とは何だろうか？　簡単に答えれば、児童画とは思想や感情が特別で、技術が未熟な人の描いた絵のことである。児童画は感興を大切にし、理論や方法にこだわらない、一種の漫画に近い絵画である。

版画は彫ることで作られるため、普通の絵よりその画面は小さく、線はおおよそ単純で、色彩も簡単である。全体の印象は、普通の絵より強く鮮明なことが多い。

児童画は、感興を大切にし、理論や方法にこだわらない子供の作品であるため、大人の絵より画面はもちろん小さく、線もおおよそ大ざっぱで、色彩も強烈である。全体の印象は、大人の絵より突飛なことが多い。

印象が強いのは喜ばしいことで、突飛さにも良いところがある。ゆえに、版画と児童画それぞれの独特な特徴は、普通の大人の絵と対立するものである。私の言う両者の類似点とは、ここにある。ただし、版画と児童画の独特な特徴を詳しく述べるならば、まず両者が対立する普通の大人の絵の性格について、あらましを述べておかなければ、両者の特徴を明確にすることはできないであろう。

普通、いわゆる「絵」とは、世の中の様々な情景を平面上に表した美術表現である（いわゆる普通の絵画のほかに、最近はいわゆる新興美術、即ち物の形を描かず、名付けられない形や色を描く、立体派などと言われる絵画がある）。一般的にいわゆる「優れた」絵画とは、最も分かりやすく言えば、実物にその姿を最も似せて描いた絵画のことである。総じて、絵画の良し悪しについて言うとき、「似ているか似ていないか」は最も基礎的な基準となっている。専門家は往々にして、絵画の理論を非常に高尚で捉えどころなく述べるものであり、絵画とは物の形を描くものではないとしている。ゆえに、中国の現代絵画論では、大部分が「気韻」（気品）を重んじ、「形が似ていること」には重きを置いていない。蘇東坡は「絵画を論じるのに形が似ていることを以てするのは、子供と同じようなものである」と述べた。彼らによれば、絵を描くときには似ていることを求める必要はない。こういった画論は高い所からものを言いすぎて、ほとんど人を煙に巻くようなものだと言わざるをえない。それに蘇東坡の話は、詩的な誇張であって、一般の画論と同様に見ることはできない。一般的には、「似ていること」は何と言っても絵画の最も基礎的な一つの条件なのである。なぜなら、芸術が生まれる基本的な条件の一つに、「客観性を持つ」ことがあるからである。言い換えれば、万人が誰でも理解できるということだ。客観性が高ければ高いほど、芸術的価値はますます高くなる。自分の恋愛経験をうたった詩は、他人の共感を得ることはできない。自分の夢想を描いた絵は、他人の理解を得ることはできない。客観性が低ければ、その芸術的価値も劣る。ここから分かることは、絵画が「実物に似ている」ということは、絵画の客観性を高めるうえで大きな第一歩であり、芸術的価値を高める最も簡単な方法だということである。

西洋人は特にこの点を重視し、十九世紀以前の西洋画では、様々な流派はあったが、その共通点を見渡せば、「写実的である」という一点に他ならない。彼らの絵画の研究法を見れば、いかに「実物と似ている」ことを重視したかが分かる。西洋絵画には、古代にはすでに生きた人間の「モデル」(model)を使う方法があった。中世の宗教画の画家は、キリストや聖母、あるいは使徒たちの群衆画を描くさいには、まず絵の中の人物の顔や姿を想像し、世間で似た人を探し、その人にそれらしい衣装を着せ、ポーズを取らせ、それを見て描くのが常であった。中世の画家には、モデルを使わずに全て記憶と想像力に頼って絵を描く人も多かったとはいえ、モデルを使う画家も珍しくはなかった。その中で、ジョット(Giotto)という大画家は、「キリストの磔刑」を描いた。ところが、磔の刑を受けるキリストの顔が、彼にはどうしても想像できなかった。大傑作にふさわしい肖像を描きたいという情熱のあまり、人が死に向かうときの苦痛の表情を仔細に観察するため、彼は残酷にもモデルを殺してしまったのである。これは誠に非人道的な行為であって、現在の世の中では、このような野蛮な画家は決していないだろう。しかし、宗教の力が大きく、人権が不平等であった中世には、彼がモデルを殺すことを容認する環境があったのかもしれない。ともあれ、今こういった問題について触れている余裕はない。この逸話を持ち出したのは、西洋古代の絵画が極端に「写実」を重視したことを述べるために他ならない。

十八世紀になっても、西洋画の画風は依然としてそうだった。あの古典派の大画家のダヴィド（David）、つまりナポレオン王朝の宮廷美術総監で、生涯にわたって専らナポレオンを賛美する絵画を描いた宮廷画家にも、モデル探しについての残酷な逸話が残されている。彼の腹心の友人の一人が、ナポレオンの侵略軍の砲火の中で死に瀕していた。ダヴィドはその知らせを聞くと、すぐに友人を訪ねた。他の人たちは、それは友人を助けるため、または慰めるためだと思っていた。なんと、虫の息の友人の元に来ると、ダヴィドは顔色一つ変えず、落ち着きはらってスケッチブックを取り出すと、友人の苦痛の表情を熱心にスケッチし、その苦痛に対しては見ざる、聞かざるが如しであった。彼は友を弔うために来たのではなく、写生画の練習に来たのである！　こういった人の情を顧みない画家の逸話は、いずれも西洋画が極端に「写実」を重視した証である。十九世紀になって、この風潮はさらに盛んになった。印象派の画家が絵を描くには写生が必須となり、モデルなしには一筆も加えることができなかった。彼らは静物の形と色を追究するために、リンゴは腐るまで使った。同じ光線のもとで写生する必要があるために、一枚の風景の写生画を何日にもわたって描いた。今日の午後は一時から二時まで描き、明日の午後もこの時間に続きを描き、さらにこの時間に限って描く……地面の草は伸び、木は芽を出し、その作品はとうとう完成をみなかった。

このような画法のもとで生まれた絵画には、一つの明らかな共通点があった。すなわち「似ている」「実物にそっくり」だということだ。第一に形が正確で、タッチが細かく、衣服の皺は詳細に描き込まれ、髪の毛は一本一本を数えられるほど精細に描かれ、写真のように生き写しである。第二に色が真に迫っており、こういった油絵の顔料は複雑かつ鮮明で、さらに使いやすく、画家が思いのままに駆使すれば、実物に似ないものはなかった。第三に光線が如実に描きこまれ、明るい部分、暗い部分、ハーフトーン（half tone）、ハイライト（high light）、いずれも乱れることがない。肖像画を室内の暗い場所に置けば、そそっかしい人や近視の人は、なんとたちまち本物の人間と勘違いし、進み出て会釈し、手振りで挨拶をしたものだ。写実的な画風は、十九世紀以前から西洋画壇を支配し、百年を経て十九世紀以降になると、変わって東洋の画風の影響を受け、写実的な画風は忘れられた。その矯正が行き過ぎたために、一時は様々な混乱した現象が生まれた。未来派、立体派、構図派、ダダなどの奇妙な画風は、その行き過ぎの例である。しかし、こういった現象は仇花のごとく、間もなく衰退して消えて行ったのである。現在の西洋の画壇では未だ完全に評価が定まってはいないため、一概に論ずることはできないが、これは伝統的な写実と、新たに取り入れられた東洋風の画風とが葛藤した現象に他ならない。最近の版画の勃興も、こういった現象の一つなのである。

三

版画とは、明らかに従来の「努めて実物に似せる」という画風に反逆した画風の絵画である。版画は彫るものであるため、多くは線を用いて表現の手段とする。印刷するものであるため、白黒の二色、あるいは単純な何色かであることが多い。そのため、人に「図案」を連想させるかもしれない。だが、図案に描かれているのは、実際の世の中にある現象だろうか？　版画の内容は、当然ながら図案のように荒唐無稽なものではないが、表現上の技巧からすれば、図案と遠いものではない。総じて、旧式の西洋画は見る人に実物と誤解させることがあるが、版画にはこういった性格は全くない。版画は、それが実物とは異なる「絵」であることを率直に表しており、「実物になりすます」ことを意図してはいない。例えば、様々な雑誌に掲載されている版画を例にとれば、ソロヴェツキー[1]作の「スターリン」像は、版画の中で写実的な性格が最も濃厚な例ではあるが、従来の西洋画の肖像と比べれば、その画風は全く異なる。前者には「実物になりすます」性格があるが、後者は率直に「絵」であることを表しており、一枚の絵が線だけで描かれた白黒二色の挿画である。私の見るところ、今回の版画展の中には、この作品よりもっと「実物らしくなく」かつ「絵画らしい」作品は珍しくないだろう。表現されているものは工場、煙突、鉄道、群衆など、現代のソ連社会の実際の状況ではあるが、表現の技術は実際の状況と分離しており、自ずから一つの「絵

注①　一九三〇年代に活躍していた旧ソ連の版画家。

画」となっているのである。

数百年にわたって「実物になりすます」絵画を見慣れてきた西洋人にとって、こういった版画は、あたかもご馳走に食べ飽きた人が一瓶のソーダ水を飲むようなもので、その爽快さは想像に難くない。従来、こういった絵は西洋では書籍に附属する挿画とされ、独立した芸術品の資格を得てはいなかった。現在ではドイツやソ連で突然盛んになり、芸術作品として見られるようになっただけでなく、しだいに画壇で重要な位置を占めようとする機運が生まれているのである。こういった絵の表現形式は、西洋人に新鮮な感覚と強烈な印象を与えたため、多くの人の関心と称賛を呼んだのだろう。

四

このような関心と称賛は、西洋人から生まれたならば、もちろん不思議に思う必要はない。しかし中国人から生まれたならば、私は少なくとも割引いて考えなくてはならないと思う。なぜなら版画は中国では千年の昔から発達しており、しかも中国画はもともと版画に近いものである。数千年にわたって線による絵、白黒の絵、単純で強烈な色彩の絵に見慣れてきた中国人が、ソ連のこのような版画を見てどう思うだろうか。その題材が生活に密着し、技術が非常に進歩していることが、現代社会にふさわしく喜ばしいことだとは感じても、こういった絵画技術の原理に対しては、「もともと我々のものだ！」という思いを禁じえないだろう。あるいはこのために版画への関心が増したのかもしれないが、その賞賛の性格は、西洋人とは異なるものである。その関心には懐旧が、賞賛には誇りと自らを励ます思いが含まれている。要するに、東洋は版画技術の本家であり、東洋では絵画とは、版画でなければ全て版画に似たものだったのである。

何をもってこう言うのか？　中国の画法には従来、前述のような「写実」の風潮はなかった。中国の絵画は、もともと「実物になりすます」ことを意図するものでなく、いかなる絵も率直に「絵」であることを表明してきた。第一に、中国画の中に描かれたものは、おおよそ線で構成されている。実際には、線を持っているものは極めて少ない。本当に線のような細いものを除けば、すべて様々な形状をした塊なのである。中国の画家が線を用いてこういった形状の塊を線で表すことを発明したのであり、我々中国人は見慣れているので珍しいとは思わない。しかし、根本的に考えてみれば、これは実に奇妙な発明である。人を描くときには顔を線で囲み、手の指も線で囲み、衣服の輪郭もみな線で囲む。これはいったい、実際の世の中にある光景だろうか？（西洋画では線を使う必要はなく、ただ色と明暗の違いによって形のあるものの境界線を表し、実物に見られる状態と全く同じである）。第二に、中国画の中の形は、ただ感覚によって描写するだけで、実際のサイズには全くこだわらない。そのため、中国の人物画の中には、頭が腹より大きく、手が耳より小さいなどのおかしな形がよく見られるのである。しかし以前の中国の画家は、これを間違いだとは考えなかった。まさに蘇東坡の言うように、「絵画を論じるのに形が似ていることを以てするのは、子供と同じようなもの」だったのである。彼らの批評の基準は全く別のところにあり、それはいわゆる筆法（筆遣い）、神趣（神秘的な情趣）、気韻などである。そのため、中国画の画面の状態は、現実世界と何とかけ離れていることだろうか！　一部の「大画家」の作品は、画面に筆と墨の跡が乱れ飛び、あたかも張天師[2]の書いた護符のよう！　こういった護符は今でも各地で流行しており、昔気質の中国人に珍重されている。まるで、ここには神が宿り、魔除けをし、福をもたらすことができるかのようだ。

　第三に、中国画の色彩は単純であるか、もしくは強烈である。単純を極めたものは黒しか用いず、「墨画」と呼ばれる。これは版画の中の一色のみの作品に似ているが、手で描いたものである。山水、石、竹、梅はいずれも墨画にすることができ、しかも墨画の山水画は、中国画の中では高貴な画派である。唐代の王磨詰（王維）が創始したものであり、千年以上にわたって中国の画家たちはこれを正統として奉じ、「南派」画法と言われる（これに対し、唐代の李思訓が創始した着色山水画法は「北派」と言われる）。日本で現在流行している、いわゆる「南画」とは、この墨画法のことである。中国画の中で一色しか用いないものは、墨画だけではなく、朱色の顔料で墨に代えるものがあり、「朱描」と呼ばれる。朱描の人物の「鍾馗《しょうき》像」[3]はよく見られる。朱描の竹は中国画の中でも珍しく、特に「朱竹」と言われる。竹の実際の色は緑であるが、中国人は逆に緑と全く反対の朱色で竹を描き、その非写実的な画風は、外国人を驚かせるものだろう。第四に、中国画の全体の構図も、絵と現実との違いをはっきりと示すものであり、見る人は絵の中に描かれているのが実物ではないとすぐに分かる。いわゆる構図とは、つまり画面の配置のことである。西洋画の画面は、上から下に、左から右に、いっぱいにものを描き込む。たとえ絵のメインとなるモチーフが小さな花瓶であったとしても、花瓶の上下左右には必ず「背景」が描かれ、それは壁や、カーテンや、テーブル、椅子、窓であったりする。何であれ、花瓶以外の空いたスペースは、すべて実際の別の物体（すなわち背景）で満たされ、画面にはいっぱいにものが描き込まれていなくてはならない。中国画はそうでなく、必ずしも背景を必要とせず、メインとなるモチーフを描けばそれでよい。長大な白い紙の、下のほうの適当な場所に、アカザ、石、蘭の花、幾つかの大根などが描かれていることはよくある。上の方の一角に何行かの詩を高々と記せば、絵は完成である。人物画にも、必ずしも背景は必要ではない。「鍾馗像」も、普通は片手で剣を持ち、片手で鬼を捕えた鍾馗がぽつんと描かれ、上に空もなく、下に地もなく、白紙の中に浮かぶように描かれている。西洋人が見れば、未完成の作品だと誤解するかもしれない。この「未完成」であるということが、まさに中国画の特色であり、絵を現実と区別し、絵の中のものを実物と区別する絶妙な方法なのである。

総じて、中国の画法は、形状、色彩、構図のいずれも「簡略化」と「摘要化」の方法をとっている。画家はものの各部分を仔細に見て、実物そっくりに描写することをよしとせず、ものから得られる大まかな印象に基づいて、簡潔かつ明快に、直接かつ率直に紙の上に表現する。画家はものとまわりの環境の様々な関係に注意して、周到にその情景を配置することをよしとせず、表現しようとする主要な物体だけを、

注② 道教教団の五斗米道の創始者・張陵の子孫。
注③ 鍾馗は伝説上の魔除けの神。

たったひとつ、突如として紙の上に描き出すのである。このため、画面は一種の単純で、独特で、非現実的な様相を呈する。版画が西洋絵画の中で新生面を開いたのは、版画技術にこのような小さな特徴があるためである。

五

こういった独特の様相を、版画よりもさらに豊かに持っているのが、すなわち児童画である。先に述べたように、児童画とは思想や感情が独特で、絵画技術が未熟な人の描いた、感興を大切にし、理論や方法にこだわらない絵画のことである。このような作画の態度は、中国の画家の態度と相通じるものがある。先ほど述べたように、中国の画家はものの各部分を仔細に見て、実物そっくりに描写することを「よしとせず」、ものから得られる大まかな印象に基づいて、簡潔かつ明快に、直接かつ率直に紙の上に表現する。児童画は、ものの各部分（例えば形、線、色など）を仔細に見て、実物そっくりに描写することが「できず」、ものから得られる大まかな印象に基づいて、簡潔かつ明快に、直接かつ率直に紙の上に表現するのである。また、先ほど述べたように、中国の画家はものとまわりの環境の様々な関係に注意して、周到にその情景を配置することを「よしとせず」、表現しようとする主要な物体だけを、たったひとつ、突如として紙の上に描き出す。児童画は、ものとまわりの環境の様々な関係（例えば明暗、構図など）に注意して、周到にその情景を配置することが「できず」、表現しようとする主要な物体だけを、たったひとつ、突如とし

て紙の上に描き出すのである。このように、「感興を大切にする」「理論や方法にこだわらない」という二点において、児童画と中国画は相通じている。そこには、相通じるだけの根本的な理由があるのである。中国画は西洋画に比べて、創作態度が「主観的」であり、描写技術が「原始的」である。世の中の実際の様相を客観的に見つめることをせず、大胆に形を自分の感覚に基づいて改造するため、「主観的」と言われる。目に映じるものの細かな点を捨象し、最も経済的に、記号のように、どうしても省略できない何本かの線で表現するため、「原始的」と言われる。中国画と児童画は、この二点において非常によく似ている。中国画は「訓練した児童画」であり、児童画は「訓練していない中国画」だと言うことができる。

ここで掲げる児童画の一例は、十分に「児童画の特性」を持った絵ではないが、児童画の一面を表すことはできる。ここに描かれたのは二人の子供であり、おそらく姉と弟の二人である。二人の人物の体の各部は長さや大小の割合が実際とは違う。顔の造作の大小や位置も、実際とは違う。体の各部の簡略さも、実際とは違う。しかし、姉と弟の二人の姿は、すでに十分に表現されており、我々は必ずしももっと詳細に、もっと実物に似せるよう求めようとは思わない。それだけでなく、この姉と弟の二人の姿は、逆に一種の明快で強烈な印象を与える。これはもっと詳細な、実物に似せた絵は与えることができない印象である。この絵を見て、中国の山水画の点景として描かれた人物を連想することは難しくない。

しかし、これは技巧や形式において部分的に似ているにすぎないとも言える。我々はだからと言って、中国画の方法で子供を教えることを主張できないし、まして中国画の方法を批評する目で児童画を批評することはできない。児童画の批評には、私の意見では、一つの基準しかない。すなわち「芸術は生活と関連すべきものだ」、言い換えれば、子供の絵画は、その生活を反映しているべきだということである。詳しく言うならば、真に子供の生活感情から生まれたもの、真に子供の手で描かれたもので、美術的な様式を備えたものは、いずれも優れた児童画である。ゆえに、児童画の批評では、(一)美術的な様式、(二)描写技術、(三)思想、感情の三つの面に注目できる。

その反証として、以下を挙げておく。(一)ある児童画には、様々な大きさで、たくさんの子供が乱雑で不規則に描かれており、様式上の統一性は見られない。そのタッチがどんなに丁寧で、形がどんなに正確で、色彩がどんなに調和していて、絵の中の子供の動作が生活にふさわしく善良で可愛らしい行動であったとしても、私の批評では、この絵には六十点しかつけることができない。なぜなら、それは美術的な様式を欠いているからである。（二）別の児童画には、非常に幼稚な描き方で、何か分からないものが描かれており、実際の色彩と合わない。その意義が優れていて、遠目には一枚の絵のようであっても、私の批評では、やはり何とか六十点しかつけることができない。描写技術を欠いているからである。（三）また、例えば七歳の子供が恋愛の絵を描くことができ、十歳の子供が隠居の絵を描くことができたとする。たとえこれらの絵が本当にこの子供の手で描かれ、十分に美術的な様式を備えていたとしても、私の批評では、必ずどちらも落選とする。なぜなら、これらの絵はその子供たちの思想や感情を表現したものでなく、生活を反映したものでなく、その芸術と子供の生活に関連がないからである。

版画と児童画についての私の見方は、以上のようなものである。最後に、この文章を読む若者に、ひとこと書き添えることとする。児童画がどうであるかに止まらず、芸術に関することは、絵画であれ、文学であれ、音楽であれ、すべて生活と関連し、生活の反映であるべきであり、芸術的な様式と表現技巧、そして最も重要な思想と感情を備えていなければならない。芸術にこの一点が欠けていれば、機械的で退屈な小手先の技術に変わってしまうのである。

民国二十五〔一九三六〕年四月十七日作、『浙江青年』〔一九三六年五月第二巻第七期〕掲載

子供は絵への興味は豊かだが、技術は拙い。そのため、子供がものを描くと、不正確で、間違っていることさえある。資産階級の反動的教育論では、これは生物の進化論に合致するもので、子供たちの本能のままに絵を描かせるべきで、干渉してはいけないという。これは誤った絵画教育論である。もとより、幼年期にある子供に、大人と同じように正確にものを描写するよう強いることはできない。しかし、我々は児童画の不正確さや間違いの原因をよく研究し、図画の授業の中で繰り返し良い方向へ導き、機会を捉えて指導し、自然に正確に描けるようにするべきである。ここに掲載されている作品を見ると、児童画は必ずしも、多くの人が思うほど稚拙ではない。彼らの年齢は低いとはいえ、すでにものの形をある程度正確に捉えることができており、非常によく描けているものもある。これは傍らでの指導の効果を証明するものではないだろうか？

児童画の不正確さと間違いの原因は、主に二つある。第一に、子供はものを観察するとき、その「機能」に着目することが多い。例えば子供が人を描くと、往々にして頭が大きくなり、手と足が目立つが、胴体はとても小さく、描かないことさえある。これは彼らは「機能」に着目しており、頭と手足はいずれも「機能」のあるものだからである。頭部の目は見ることができ、口はしゃべったり食べたりでき、手はものを持ち、足は歩くことができるが、胴体には何の機能もない。子供が頭部を描くと、目と口が異様に大きくて目立ち、そのほかの部分がおざなりになることが多い。これも、目と口には機能があるが、眉毛や鼻、耳などはそれほどでもないという理由による。児童画の中のテーブルは、例外なくテーブルの面が大きく描かれているが、これはテーブルの上にはものを置く(機能がある)からである。

第二に、子供はものを観察するとき、その「意味」に着目することが多い。例えば子供が野菜籠を描くと、往々にして籠の中のものを一つ一つ描く。幾つかの卵、魚一匹、数本の野菜などなど。もし描ききれなければ、子供たちは籠を透明なものと見なして、それらをガラスのような籠の隣に描く。子供たちは、籠の意味——ものを入れるということを表現したいのである。また、幼児が猫を描くと、体を横向きに、頭を真正面から描くことが多い。横向きの体なら猫の胴体と尻尾を、正面を向いた顔なら、両目と両耳、両方のひげを描くことができるからだ。これは、古代エジプトの壁画を思わせる。幼児が部屋を描くと、壁の内側の人物をすべて描き、壁がガラス張りになったようである。以前、ある幼児が母親を描いた絵を見たことがあるが、母親の衣服には二つの乳房があり、近代資本主義国で流行した立体派、未来派などの絵画に酷似していた。このような誤りの原因は、幼児はものの意味に強く引きつけられるため、見えないものも描いてしまうということに他ならない。

年齢と教育段階に関わるため、児童画のこのような誤りは免れ難く、必然的なものである。教師は三、四歳の幼児に、自分と同じようにすることを乱暴に求めてはならない。同時に、本能のままに描かせて指導を加えないわけにもいかない。教師は子供の年齢と教育段階に合わせて、適切な指導を行うべきである。最も良い方法は、子供たちに自然のものを観察させ、徐々にものの形に興味を持たせることで、そうすれば絵を描く際の誤りは自然になくなるだろう。例えば、幼児が人を描くとき、頭と両手両足しかなく、胴体を描かなかったとする。ある日、教師はその子が新しい服を着ているのを見て、この機会を利用し、彼に新しい服を着た人を描かせる。こうして、その子は次第に人には胴体があることに着目するようになるのである。また、幼児が猫を描くときに、猫の体を横向きに、頭を正面に向けて描いたとする。教師は猫をつかまえてきて、まず猫の正面を向いた顔を幼児に見せ、「猫にはいくつ目があるかな?」と尋ねる。それから猫の横向きの顔を幼児に向けて、また「いくつ目があるかな?」と尋ねる。こうして子供たちは次第に「見えないものは描かない」という理屈を理解するのである。

『解放日報』一九五八年六月一日掲載（編者注）

■著者紹介
豊 子愷（ほう しがい）

近代中国の代表的な漫画家・散文家・翻訳家。
1921年（大正10年）日本に短期留学した際、竹久夢二と親交をもち、大きな影響を受けた。帰国後の1925年、新聞に「子愷漫画」の名でひとコマ漫画を発表し「漫画」という言葉を中国で広めた。また「源氏物語」や夏目漱石の「草枕」の翻訳をしたことでも有名。

■監訳者紹介
日中翻訳学院（にっちゅうほんやくがくいん）

日本僑報社が「よりハイレベルな中国語人材の育成」を目的に、2008年9月に創設した出版翻訳プロ養成スクール。

■訳者紹介
船山明音（ふなやま あかね）

1976年生まれ。中国書籍専門書店・出版社勤務のほか、編集者・中日翻訳者として活動。広島大学文学部文学科（中国語学・中国文学専攻）卒業。日中翻訳学院「武吉塾」第11期・第15期修了。訳書に『中国出版産業データブック vol.1』（日本僑報社、共訳）、著書に『日本人が知りたい中国人の当たり前』（三修社、共著）。

豊子愷児童文学全集 第6巻 **少年美術物語**

2017年3月25日 初版第1刷発行
著 者 豊 子愷（ほう しがい）
監訳者 日中翻訳学院
訳 者 船山 明音（ふなやま あかね）
企画協力 Danica D.
発行者 段 景子
発行所 株式会社 日本僑報社
〒171-0021 東京都豊島区西池袋3-17-15
TEL03-5956-2808 FAX03-5956-2809
info@duan.jp
http://jp.duan.jp
中国研究書店 http://duan.jp

2017 Printed in Japan. ISBN 978-4-86185-232-9 C0036

豊子愷児童文学全集（全七巻）

一角札の冒険

小室あかね 訳

次から次へと人手に渡る「一角札」のボク。社会の裏側を旅してたどり着いた先は……。世界中で愛されている中国児童文学の名作。

四六判 並製　1500円＋税
ISBN 978-4-86185-190-2

少年音楽物語

藤村とも恵 訳

家族を「ドレミ」に例えると？音楽に興味を持ち始めた少年のお話を通して音楽への思いを伝える。

四六判 並製　1500円＋税
ISBN 978-4-86185-193-3

博士と幽霊

柳川悟子 訳

霊など信じなかった 博士が見た幽霊の正体とは？人間の心理描写を鋭く、ときにユーモラスに描く。

四六判 並製　1500円＋税
ISBN 978-4-86185-195-7

小さなぼくの日記

東滋子 訳

「どうして大人は…」表題作は大人たちの言動に悩む小さな男の子の物語。激動の時代に芸術を求め続けた豊子愷の魂に触れる。

四六判 並製　1500円＋税
ISBN 978-4-86185-192-6

わが子たちへ

藤村とも恵 訳

時にはやさしく子どもたちに語りかけ、時には子どもの世界を通して大人社会を風刺した、近代中国児童文学の巨匠のエッセイ集。

四六判 並製　1500円＋税
ISBN 978-4-86185-194-0

少年美術物語

舩山明音 訳

落書きだって芸術だ！ 豊かな自然、家や学校での生活、遊びの中で「美」を学んでゆく子供たちの姿を生き生きと描く。

四六判 並製　1500円＋税
ISBN 978-4-86185-232-9

中学生小品

黒金祥一 訳

子供たちを優しく見つめる彼は、思い出す。学校、先生、友達は、作家の青春に何を残しただろう。若い人へ伝える過去の記録。

四六判 並製　1500円＋税
ISBN 978-4-86185-191-9

溢れでる博愛は
子供たちの感性を豊かに育て、
やがては平和に
つながっていくことでしょう。

海老名香葉子氏推薦！
［エッセイスト、絵本作家］

日本僑報社好評既刊書籍

永遠の隣人
人民日報に見る日本人

孫東民／于青 編
段躍中 監訳　横堀幸絵ほか 訳

日中国交正常化 30 周年を記念して、両国の交流を中国側から見つめてきた人民日報の駐日記者たちが書いた記事がこのほど、一冊の本「永遠的隣居（永遠の隣人）」にまとめられた。

A5 判 606 頁 並製　定価 4600 円＋税
2002 年刊　ISBN 4-931490-46-8

同じ漢字で意味が違う
日本語と中国語の落し穴
用例で身につく「日中同字異義語 100」

久佐賀義光 著
王達 中国語監修

"同字異義語"を楽しく解説した人気コラムが書籍化！中国語学習者だけでなく一般の方にも。漢字への理解が深まり話題も豊富に。

四六判 252 頁 並製　定価 1900 円＋税
2015 年刊　ISBN 978-4-86185-177-3

必読！今、中国が面白い Vol.10
中国が解る 60 編

而立会 訳
三潴正道 監訳

『人民日報』掲載記事から多角的かつ客観的に「中国の今」を紹介する人気シリーズ第 10 弾！　多数のメディアに取り上げられ、毎年注目を集めている人気シリーズ。

A5 判 291 頁 並製　定価 2600 円＋税
2016 年刊　ISBN 978-4-86185-227-5

新中国に貢献した日本人たち

中日関係史学会 編　続編も好評です
武吉次朗 訳

元副総理・故後藤田正晴氏推薦!!
埋もれていた史実が初めて発掘された。登場人物たちの高い志と壮絶な生き様は、今の時代に生きる私たちへの叱咤激励でもある。
－後藤田正晴氏推薦文より

A5 判 454 頁並製　定価 2800 円＋税
2003 年刊　ISBN 978-4-93149-057-4

中国式 コミュニケーションの処方箋

趙啓正／呉建民 著
村崎直美 訳

なぜ中国人ネットワークは強いのか？中国人エリートのための交流学特別講義を書籍化。
職場や家庭がうまくいく対人交流の秘訣。

四六判 243 頁 並製　定価 1900 円＋税
2015 年刊　ISBN 978-4-86185-185-8

日本人には決して書けない 中国発展のメカニズム

程天権 著
中西真（日中翻訳学院）訳

名実共に世界の大国となった中国。
中国人民大学教授・程天権が中国発展のメカニズムを紹介。
中国の国づくり 90 年を振返る。

四六判 153 頁 並製　定価 2500 円＋税
2015 年刊　ISBN 978-4-86185-143-8

新疆物語
～絵本でめぐるシルクロード～

王麒誠 著
本田朋子（日中翻訳学院）訳

異国情緒あふれるシルクロードの世界
日本ではあまり知られていない新疆の魅力がぎっしり詰まった中国のベストセラーを全ページカラー印刷で初翻訳。

A5 判 182 頁並製　定価 980 円＋税
2015 年刊　ISBN 978-4-86185-179-7

新疆世界文化遺産図鑑

小島康誉／王衛東 編
本田朋子（日中翻訳学院）訳

「シルクロード：長安－天山回廊の交易路網」が世界文化遺産に登録された。本書はそれらを迫力ある大型写真で収録、あわせて現地専門家が遺跡の概要などを詳細に解説している貴重な永久保存版である。

変形 A4 判 114 頁 並製　定価 1800 円＋税
2016 年刊　ISBN 978-4-86185-209-1

日本僑報社好評既刊書籍

日中中日翻訳必携　実戦編Ⅱ

武吉次朗 著

日中翻訳学院「武吉塾」の授業内容を凝縮した「実戦編」第二弾！
脱・翻訳調を目指す訳文のコツ、ワンランク上の訳文に仕上げるコツを全 36 回の課題と訳例・講評で学ぶ。

四六判 192 頁 並製　定価 1800 円＋税
2016 年刊　ISBN 978-4-86185-211-4

現代中国カルチャーマップ

百花繚乱の新時代

日本図書館協会選定図書

孟繁華 著
脇屋克仁／松井仁子（日中翻訳学院）訳

悠久の歴史とポップカルチャーの洗礼、新旧入り混じる混沌の現代中国を文学・ドラマ・映画・ブームなどから立体的に読み解く 1 冊。

A5 判 256 頁 並製　定価 2800 円＋税
2015 年刊　ISBN 978-4-86185-201-5

中国の“穴場”めぐり

日本日中関係学会 編

宮本雄二氏、関口知宏氏推薦!!
「ディープなネタ」がぎっしり！
定番の中国旅行に飽きた人には旅行ガイドとして、また、中国に興味のある人には中国をより深く知る読み物として楽しめる一冊。

A5 判 160 頁 並製　定価 1500 円＋税
2014 年刊　ISBN 978-4-86185-167-4

中国人の価値観

—古代から現代までの中国人を把握する—

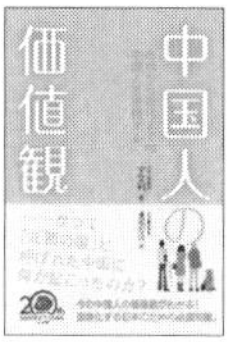

宇文利 著
重松なほ（日中翻訳学院）訳

かつて「礼節の国」と呼ばれた中国に何が起こったのか？
伝統的価値観と現代中国の関係とは？
国際化する日本のための必須知識。

四六判 152 頁 並製　定価 1800 円＋税
2015 年刊　ISBN 978-4-86185-210-7

中国の百年目標を実現する

第 13 次五カ年計画

胡鞍鋼 著
小森谷玲子（日中翻訳学院）訳

中国政策科学における最も権威ある著名学者が、国内刊行に先立ち「第 13 次五カ年計画」の綱要に関してわかりやすく紹介した。

四六判 120 頁 並製　定価 1800 円＋税
2016 年刊　ISBN 978-4-86185-222-0

強制連行中国人 殉難労働者慰霊碑資料集

強制連行中国人殉難労働者慰霊碑資料集編集委員会 編

戦時下の日本で過酷な強制労働の犠牲となった多くの中国人がいた。強制労働の実態と市民による慰霊活動を記録した初めての一冊。

A5 判 318 頁 並製　定価 2800 円＋税
2016 年刊　ISBN 978-4-86185-207-7

和一水

—生き抜いた戦争孤児の直筆の記録—

和睦 著
康上賢淑 監訳
山下千尋／濱川郁子 訳

旧満州に取り残され孤児となった著者。
1986 年の日本帰国までの激動の半生を記した真実の書。
過酷で優しい中国の大地を描く。

四六判 303 頁 並製　定価 2400 円＋税
2015 年刊　ISBN 978-4-86185-199-5

中国出版産業 データブック　vol. 1

国家新聞出版ラジオ映画テレビ総局図書出版管理局 著
段　景子 監修
井田綾／船山明音 訳

デジタル化・海外進出など変わりゆく中国出版業界の最新動向を網羅。
出版・メディア関係者ら必携の第一弾、日本初公開！

A5 判 248 頁並製　定価 2800 円＋税
2015 年刊　ISBN 978-4-86185-180-3

日中翻訳学院のご案内

http://fanyi.duan.jp

「信・達・雅」の実力で日中出版交流に橋を架ける

日本僑報社は2008年9月、北京オリンピックを支援する勉強会を母体に、日中の出版交流を促進するため、「日中翻訳学院」を設立した。以来、「忠実に、なめらかに、美しく」(中国語で「信・達・雅」) を目標に研鑽を積み重ねている。

「出版翻訳のプロ」を目指す人の夢を実現する場

「日中翻訳学院」は、「出版翻訳」の第一線で活躍したい人々の夢を実現する場である。「日文中訳」や「中文日訳」のコースを設け、厳選された文芸作品、学術書、ビジネス書などのオリジナル教材を使って、高度な表現力を磨き、洗練された訳文を実現する。運営母体の日本僑報社は、日中翻訳学院で実力をつけた成績優秀者に優先的に出版翻訳を依頼し、多くの書籍が刊行されてきた。

当学院の学習者と修了生には、日本僑報社の翻訳人材データバンクへの無料登録に加え、翻訳、監訳の仕事が優先的に紹介されるという特典がある。自ら出版、翻訳事業を手がける日本僑報社が設立した当学院だからこそ、「学び」が「仕事」につながるというメリットがある。

一流の講師陣、中国の翻訳界と友好関係

日中翻訳学院は、日中翻訳の第一人者である武吉次朗氏をはじめとする実績豊富な一流の講師陣がそろい、一人ひとりに対応した丁寧な指導で、着実なステップアップを図っている。メールによる的確な添削指導を行う通信講座のほか、スクーリングでは、それぞれのキャリアや得意分野を持つ他の受講生との交流や情報交換がモチベーションを向上させ、将来の仕事に生きる人脈も築かれる。

中国の翻訳界と友好関係にあり、実力養成の機会や活躍の場がますます広がっている。